독서, 큰솔처럼

부산큰솔나비

나로부터 비롯되는 선한영향력

독서, 큰솔처럼

발행일   2024년 11월 25일

지은이   강준이, 구미옥, 권은주, 문미옥, 안현정, 이은숙, 전미경, 전세병, 조은경
펴낸이   손형국
펴낸곳   (주)북랩
편집인   선일영   편집   김은수, 배진용, 김현아, 김다빈, 김부경
디자인   이현수, 김민하, 임진형, 안유경, 최성경   제작   박기성, 구성우, 이창영, 배상진
마케팅   김회란, 박진관
출판등록   2004. 12. 1(제2012-000051호)
주소   서울특별시 금천구 가산디지털 1로 168, 우림라이온스밸리 B동 B111호, B113~115호
홈페이지   www.book.co.kr
전화번호   (02)2026-5777   팩스   (02)3159-9637

ISBN   979-11-7224-391-3 03810 (종이책)   979-11-7224-392-0 05810 (전자책)

(주)북랩 성공출판의 파트너

북랩 홈페이지와 패밀리 사이트에서 다양한 출판 솔루션을 만나 보세요!

홈페이지 book.co.kr   •   블로그 blog.naver.com/essaybook   •   출판문의 text@book.co.kr

작가 연락처 문의 ▶ ask.book.co.kr

작가 연락처는 개인정보이므로 북랩에서 알려드릴 수 없습니다.

읽고 나누는 성장의 시간

독서, 큰솔처럼

강준이, 구미옥, 권은주, 문미옥, 안현정,
이은숙, 전미경, 전세병, 조은경

북랩

책 읽기! 독서라는 주제로 글을 써보고자 9명의 작가가 모였습니다. '흠! 작가라니! 누가? 내가?' 참으로 어색한 단어를 5월 초입에 들었습니다. 여기 모인 남녀 통틀어 가장 작은 체구의 정인구 코치님이 내뱉는 '작가'라는 호칭에 누구도 반론을 제기하지 못했습니다. 마음속까지 동조한 것은 아니란 걸, 제 몸의 세포들이 긴장하는 알레르기 반응으로도 충분히 알 수 있었죠. 말의 힘은 덩치에서 나오는 것이 아니었습니다. 작가의 세계에서는 역시 필력이죠.

깜찍한 코치님의 지휘 아래 신체 건장한 60대, 50대, 40대, 30대가 줄을 섰습니다. 못 하겠다고 엄살을 부리는 사람도 없었죠. 하나같이 성장 욕구로 똘똘 뭉친 사람들이었으니까요. 각자의 세계에서 당당히 서 계신 분들이기에 쫄보는 설 자리가 없는 곳이죠. 너무 자신만만하고 거만해 보인다고요? 그 비밀이 궁금하시다면 지금처럼 쭉 읽어나가시면 됩니다. 저만해도 처음부터 삶에 자신 있고 당당한 사람이 아니었거든요. 세상만사 세월 따라 변하기 마련이고 사람도 예외가 아니죠. 중요한 것은 어떻게 변화하느냐일 겁니다. 어릴수록 본인의 선택이나 의지와 상관없는 환경에 영향을 많이 받지만, 헤쳐 나가 우뚝 서는 다양한 방법이 여기 있습니다.

둘러보면 흔히 만날 수 있는 지극히 평범한 사람들! 그러나 아무나 지속할 수 없는 일을 하는 사람들!
산업현장과 학업을 병행하며 대학병원 간호사가 되어 40년을 근무한 간호사. 한때 잘나가는 인생이었지만 노후에 생계 수단으로 부동산업을 하는 대표. 일, 가정, 운동, 자기 계발에 열정적인 대학병원 수간호사. 똘망똘망 아가들의 미래를 책임진다는 사명감으로 30여 년 선한 영향력을 끼치고 있는 유치원 원장님. 부산과 세종을 오가며 공직에 몸담은 워킹맘. 남을 돕는 것이 천성인 사회복지사 겸 재무설계사. 나를 찾겠다며 도를 닦다 네트워크 마케터를 거쳐 아이들을 가르치는 수학 과외 선생님, 외고 출신 대학생으로 편의점 아르바이트를 하며 자신의 꿈을 찾아가고 있는 청년, 육아와 함께 지구도 팔아치울 것 같은 기세등등한 온라인 마케터!

나이도, 직업도, 취향도, 성별도 각양각색인 분들이 어떻게 함께 모였는지 신기합니다. 그 다양성만큼이나 다양한 스토리와 어조로

'책 읽기'라는 하나의 주제를 풀어갑니다. 독서하게 된 이유와 배경, 독서를 통해 변화된 삶, 독서 장애 극복 방법과 나만의 독서 방법 및 노하우, 앞으로의 각오, 계획, 나아가야 할 방향을 고민하며 써 내려갔습니다. 이들에게 '독서'가 없는 삶을 생각하라면 전자키의 비밀번호를 잊어버린 초기치매 환자와 같을지도 모릅니다. 온몸이 노곤해지는 늦봄에 시작된 책 쓰기가 줄기차게 얼음 듬뿍 아이스 아메리카노를 마시다 뜨거운 아메리카노가 그리워지니 마무리되어 갑니다. '초고는 쓰레기다. 손 가는 대로 마구 휘갈겨라. 손가락이 움직이는 대로 두드려라.' 시작할 때 글쓰기를 독려하는 코치님의 멘트였습니다. 지나고 나니 진실임을 알겠더군요. 진정 초고는 쓰레기였습니다. 처음의 막막함을 생각하면 지금의 결과는 그저 신통방통하기만 합니다. 초고를 쓰기도 쉽지 않았고 퇴고도 만만치 않았지만, 억지 춘향이라도 하고 나니 아홉 개의 인생이 담긴 소중한 책이 되었습니다.

혹시 삶이 고달프다고 느끼시나요? 아니면 너무 따분하고 지루한가요? 일상에 뭔가 변화가 필요한가요? 한 단계 점프하고 싶은 성장 욕구가 마구마구 꿈틀거리나요? 하루하루 감사와 기쁨이 충만하신가요? 어떤 경우라도 좋습니다. 한 분 한 분 스토리를 엿듣다 보면 소중한 힌트를 얻게 되실 겁니다. 여러분의 삶에도 책 읽기를 위한 자리를 마련하게 되겠죠. 그 후는 안도감으로 가슴을 쓸어내릴지도 모릅니다. 더 늦기 전에, 지금이라도 독서의 가치를 알게 되어 얼마나 다행인가 하고 말이죠.

 살면서 올해처럼 폭염이 길게 이어진 때가 없었던 것 같습니다. 참다 참다 한계에 다다를 즈음, 하루 이틀 장대비가 쏟아지더니 빼꼼 열어놓은 창문 틈으로도 냉기가 비집고 들어옵니다. 아침저녁으로 불어오는 선선한 바람과 귀뚜라미 소리가 참 반갑습니다. 우리네 인생도 이렇지 않나 싶습니다. 절대로 물러설 것 같지 않던 힘듦도 시간이 지나면 정리가 되고 사라집니다. 지레 겁먹고 다 놓아버려서 엉망으로 만들지만 않는다면요. 지나고 나면 그 고비를 넘겼기에 좀 더 야물어진 현재가 있지 않나 싶어 감사할 때가 있습니다. 그 고비마다 책이 때로 벗이 되고, 때때로 길잡이가 되어 주었습니다. 여러분의 삶에 우리의 글이 그러하기를 기대해 봅니다.

천성산 자락에서
전미경

Contents

부산큰솔나비

나로부터 비롯되는 선한영향력

1장

평범한 일상,
무기력한 나날

1-1

삶의 길라잡이 책

(강준이)

시계 없어도 하루의 시간을 훤히 알 수 있는 충청도 칠갑산 자락의 마을에서 자랐다. 친구들과 즐겁게 놀다 보면 어김없이 "충식아!", "두영아!"라는 다정한 엄마들의 목소리가 시간을 알린다. 마을 산자락을 시소 타며 엄마들의 소프라노 음성이 울려 퍼진다. 그러면 놀던 아이들은 엄마표 시계의 알람을 즉각 알아차리고 달음박질쳤다. 길과 밭이 순간 하나가 된다. 논과 밭을 가로질러 마치 토끼처럼 깡충깡충 뛰어 단숨에 대문을 박차고 들어간다. 때로는 배가 고파질 시간쯤 굴뚝에서 하얗게 연기가 올라오는 것만 보고도 저녁 먹으러 각자의 집으로 돌아가곤 했다. 그런 날은 엄마들이 아이들 부르는 메아리도 쉬는 날이다.

책 보따리를 메고 학교에서 돌아오는 언니, 오빠들이 마을 어귀에 보이기 시작한다. 그러면 마을의 큰 마당이 있는 집으로 모두 모였다. 거기서 언니 오빠들은 학교에서 배운 새로운 노래와 놀이를 하며 놀았다. 우리들은 군침을 삼키며 입을 헤벌리고 구경 삼매

경에 빠지곤 했다.

　그렇게나 부러웠던 언니, 오빠들이 다니는 학교에 드디어 가슴에 손수건을 달고 입학했다. 한 교실에 60여 명의 코흘리개 친구들과 만남은 새로운 세계였다. 이렇게 많은 친구가 어디서 나타났는지 놀라웠다. 학교 가는 길 30분이 얼마나 신나고 재미있었는지 구름 위를 걷는 것처럼 붕붕 떠다녔다. 그렇게 즐겁던 어느 수업 시간에 A4용지 크기의 갱지에 자기 이름을 적으라고 지시하는 담임선생님 얼굴을 빤히 쳐다보고 있는 사람은 나뿐이었다. 친구들은 머리를 숙이고 자기 이름을 쓰고 있었다. 선생님은 내 갱지 위에 〈강준이〉라고 써 주었다. 글인지 그림인지 모르는 나는 내 이름 석 자를 그리기 시작하였다. 태어나 처음으로 써보는 글씨에 몰입하여 쓰다 보니 어느 사이 〈이〉는 〈10〉이 되어있었다. 누가 먼저 시작했는지 "얼레리꼴레리 준 십이래요"라는 합창이 내 귀에 들려왔다. 글을 모르니 영문도 모른 채 사건은 합창으로 번졌다. 그렇게 초등학교 일 학년 초기에 친구들의 놀림감이 되었다. 바쁘고, 가난한 시골 생활에서 둘째 딸의 학업은 중요도에서 밀리는 시대였다. 재미있던 학교생활에서 친구들의 놀림이 싫었다. 글을 빨리 익혀서 친구들의 놀림을 단칼에 끝내고 싶었다. 그리하여 친구들의 코를 납작하게 해보자는 욕구가 생겼다. 아무도 보지 않는 시간 집에서 부지깽이로 마당에 이름 쓰기, 받아쓰기 연습을 하였다. 연습을 얼마나 했던지, 일 학년 교과서는 보지 않고도 읽을 수 있고, 글도 틀리지 않고 쓰게 되었다.

글을 읽고 쓰는 데 재미가 생기기 시작하였다. 책에 호기심이 생겼다. 그리고 더 잘해보고 싶은 마음도 생겼다. 당시 육 학년이던 언니의 국어 교과서를 펼쳐보게 되었다. 집에 있는 책이라곤 내 교과서와 언니의 교과서가 전부였다. 그 시절엔 학기가 마치기도 전에 책은 변소의 화장지 대용으론 최고 인기였다. 아궁이에 불을 붙일 때는 좋은 불쏘시개인 책이 남아 있는 경우의 가정을 보기란 드문 일이었다. 언니의 책 보따리에서 국어책을 꺼내서 읽다가 〈심청전〉을 발견하게 되었다. 얼마나 읽고 또 읽었는지 감정이입이 되어 나도 심청이라면 인당수에 몸을 던지는 일을 감히 할 것 같았다. 그리고 목숨을 바치는 엄청난 효도를 하면 하늘도 감동하여 어마어마한 복을 받을 수 있다는 것이 신기했다. 뒷동산 소나무 가지 위에 걸터앉아 읽었던 육 학년 국어책이 지금까지 내가 읽었던 책 중 가장 기억에 남고 재미있는 책이다. 심청전을 시작으로 나는 책을 가까이하게 되었다. 산골 오지 초등학교에는 3학년 때가 되어서야 교실 한편에 작은 도서용 책장이 들어왔다. 집에는 책이라곤 교과서가 전부이니 읽고 또 읽고를 반복하였다. 그리고 마당에 있는 부지깽이로 글씨 연습을 하며 재미를 붙였다. 덕분에 학교 성적표에는 늘 기분 좋은 숫자가 적혔다.

독서, 큰솥처럼

조부모님과 부모님은 딸인 나의 학업에 관심을 쏟을 여력이 없었다. 그렇지만 담임선생님은 늘 칭찬을 넘치게 해주었다. 그러니 책을 읽는 일은 내게 최고 멋진 놀이였다. 선생님의 칭찬과 좋은 성적은 내 삶에 이정표를 만들어 주었다. 뭐든 잘할 수 있다는 자신감 넘치는 아이로 커가고 있었다. "얼레리꼴레리"을 합창하던 친구들의 합창은 자취를 감추었다. 월례고사 후 성적표 받는 날이 오면 친구들은 누가 잘했는지 궁금하지 않다고 했다. "보나 마나 뻔하다!"라며 투덜거렸다. 은근히 즐겁고, 신나는 학창 시절이었다. 중학교를 졸업하였다. 그 시대의 내 고장 문화는 나의 고등학교 진학을 허락하지 않았다.

　중학교 졸업식을 하자마자 곧장 부산 금정구에 있는 태광산업의 설계과 직원이 되었다. 충청도 칠갑산 두메산골의 아이가 산업현장의 일꾼이 된 것이다. 3교대로 밤낮이 바뀌는 어려운 환경에서도 업무 적응은 견딜 만하였다. 그렇지만 퇴근길 교복 입은 친구들이 지나가는 것을 보면 어김없이 고향 생각으로 향수병이 발병하곤 했다. 고등학교 학생이 되고 싶었다. 퇴근길과 출근길 통근버스 창을 통해 거리의 교복 입은 학생들이 보이면 먼 산을 바라보며 피했지만 마음의 눈을 가릴 수 없었다. 첫 월급을 받고 용두산 공원 근처의 책방골목을 갔다. 책방 골목답게 책이 많았다. 그리고 싼 가격에 새것 같은 책을 살 수 있었다. 사고 싶은 책을 샀다. 집에 와서 책을 보고 있으니 같은 방을 쓰는 동료와 언니가 돈을 허투루 쓴다며 쓴소리했다. 힘들게 번 돈으로 책을 사는 내가 한심해 보였던 모양이다. 성공이 무엇인지 모르던 어린 시기이지만 공부를 계속해야 뭐를 하더라도 할 수 있을 것 같았다. 그렇지만 공부를 어떻게 해야 할지 방법을 알 수가 없었다. 작업하는 틈틈이 잠시 쉬는 시간에 구석에 앉아서 책을 읽고 있는 내게 어떤 언니가 대화를 걸어 왔다. 이런저런 이야기 끝에 내 사연을 듣고는 〈경남여고 부설 방송통신고등학교〉라는 곳이 있다고 가르쳐 주었다. 그 정보를 듣고 이미 나는 멋쟁이 대학생이 된 듯 기뻐하였다. 일 년을 십 년처럼 기다렸다.

그리고 입학을 위해 태광산업에서 퇴사했다. 일요일에 학교에 가야 하는데 명절과 휴일을 제외하면 24시간 쉬는 날 없이 3교대로 근무한 일터에 한 달에 두 번 일요일에 오프를 받는 것이 어려웠기 때문이다. 새로운 직장도 출근하고, 그렇게 가고 싶었던 방송통신고등학교에 입학하였다. 그토록 하고 싶었던 공부도 열정이 점점 식어갔다. 점점 타성에 젖어가며 직장생활에 안주하는 일상이 반복되었다. 명절에 고향을 방문하게 되면 고등학교에 다니고 있는 친구들을 만났다. 친구를 만나니 즐겁기도 했지만, 왠지 위축되었다. 명절 휴가를 마치고 부산에 내려오면 다시 공부를 열심히 하자는 열정이 일다가 이내 심드렁해지곤 했다.

그렇게 일상이 무기력해지면 서점이나 도서관에 가서 책을 읽으면 조금씩 사기가 올라왔다. 어릴 적 만들어 놓은 책 읽기 습관의 씨앗들이 바람에 날리다가 정착하여 싹을 틔워주었다. 서점이나 도서관에 가면 시골 뒷동산의 소나무 가지랑 엄마의 따뜻한 품 같은 기운 속으로 빠져들었다. 세 살 버릇 여든까지 간다는 속담처럼 그렇게 버릇처럼 책을 찾았다. 글을 모른다고 놀리던 친구들의 합창! 공부를 잘한다고 후한 칭찬을 주었던 담임선생님! 한 달에 두 번이지만 경남여고 부설 방송통신고등학교를 다니던 시절! 기쁠 때나 어려울 때 책은 내 삶의 갈 길을 친절하게 알려준 길라잡이였다.

1-2

부동산업 매출 하락이 가져온 우울증

(구미옥)

작년 여름 부동산 경기가 내리막길로 접어들면서 매출이 격감했다. 나는 당황스럽고 겁이 났다. 왜냐하면 집안의 경제를 책임지고 있었기 때문이다. 지역의료 보험료도 제때 납부하는 것조차 힘들었다. 개업 1, 2년 차 때는 부동산 경기가 좋아 수입이 그런대로 괜찮았지만, 작년 초부터 할 일 없이 사무실에 앉아 있는 날이 많았다. 개업하면서 당시 계약직으로 일하던 남편은 회사를 그만두고 사무실 일을 도와주었지만, 경제적으로 아무런 도움이 되지 않았다.

나의 인생을 3막으로 구분해서 이야기하고 싶다. 인생 1막은 평범한 회사원과 결혼, 딸 둘을 키웠고 남편 덕분에 리비아, 싱가포르에서의 해외살이 7년은 나뿐만 아니라 자녀들도 영어를 잘할 수 있는 계기도 되었다.

인생 2막은 자녀 교육과 해외 생활로 커리어가 단절되었던 귀국 후 연령 차별이 없던 해운대 위치한 모 외국인 기업에서 16년간 재직하였다. 월급이 있었고 애들에게도 큰돈이 들어가지 않았기 때

독서, 큰솔처럼

문에 이때가 나에게 가장 편안하고 넉넉한 결혼 생활이었다.

이런 평온한 시기에 호사다마랄까? 평소 마누라 이야기는 귀담 아듣지 않는 남편이 지인의 중국 투자 사업 제안에 넘어가 자기 적성에도 맞지 않는 이상한 사업에 집 3채 매도 금액, 대한항공 퇴직금, 중국 사업에 투자 전 재산을 날렸다. 갑자기 무주택자가 되었다. 그래도 내가 재직 중이었기 때문에 기본 생활은 어느 정도 해결할 수 있었다. 지금 살고 있는 집은 내가 회사를 그만둔 후 퇴직금과 대출로 산 집이다. 남들 보기엔 내 삶이 멋져 보인다고 한다. 아무 걱정거리도 없어 보인다고 한다.

나의 인생 3막, 딸 둘도 결혼, 둘 다 고소득 전문직을 갖고 있어 남들은 자녀들이 경제적으로 우리 부부를 도울 수 있지 않겠느냐고 했지만, 남은 인생을 자녀들에게 의지한다는 생각은 하기도 싫었다. 남편이나 나 또한 연금이 있다. 그것으로는 도저히 여태까지 영위해 온 취미생활, 사회생활을 하기엔 너무나 역부족이었다.

퇴직 후 생활은 연금으로 충분하지 않았기 때문에 노년에 무엇을 해보면 좋을까? 고민하던 나에게 한 친구가 부동산 중개사 자격증을 따게 되면 평생 일하면서 돈 벌 수 있다고 했다. 3수 끝에 중개사 시험에 합격했다. 자격증을 받자 바로 개업했다.

하지만 남의 재산을 거래하는 부동산업은 실제 합격을 위해 공부한 내용과는 다르게 현장에 마주치는 일과는 너무 달랐다. 예를 들면 전망 좋고 리모델링된 6층 오피스텔을 중개, 부엌 베란다 증축을 미리 매수인에게 고지하지 않아 왜 미리 말하지 않았느냐, 매수하는 데 은행 대출, 교통 비등 손해배상을 청구했다. 약간의 금전으로 배상하면서 순조롭게 계약 해제했다. 종합소득세를 낼 만큼 소득은 있었지만 매일 힘들게 버텼다.

계약에 실패하거나 손님 응대에 문제가 생기면 기분은 말할 수 없을 정도로 패배 의식과 스트레스에 시달렸다. 매달 부동산 운영비도 모자랐던 나는 일단 부동산 관련 책을 읽어 보자는 생각이 났다. 중개사 공부를 하면서 집 주변 도서관을 활용했던 기억이 떠올라 수영구 도서관을 찾아가기로 했다. 최근 신축된 수영구도서관은 남천동 가톨릭 교구, 부산 KBS, 시장관사 등 버스길 대로에서 5분 거리였지만 조용하면서 공기 좋은 숲속에 5층으로 지어진, 시민들이 내부도 편리하게 사용할 수 있게, 외관도 멋진 건축이었다. 훌륭한 공공시설을 보니 내가 낸 세금이 전혀 아깝지 않다는 생각이 들었다.

3년 반 동안이나 공인중개사 시험으로 녹초가 된 나는 그동안 책을 멀리했었다. 다시 책을 읽으려니 집중도 되지 않고 읽고 나면 무슨 말인지 잘 기억도 나지 않았다. 그래서 필요한 글귀를 노트에 적어도 지나고 나면 잊어 버렸다. 어찌하면 나도 억대 공인중개사가 될 수 있지? 평소 내가 성격 치밀하지 못하고 덜렁대는 탓이 아닐까? 내 중심적으로 자만심이 가득 찬 중개사였다.

세종시에서 부동산 사무실을 직접 운영하는 공인중개사 최병욱 씨의 '노래하고 춤추는 2억 연봉 공인중개사'에서 2억 공인중개사 될 수 있었던 이유로 하나로 3p 바인더 활용, 독서를 꼽았다. 눈이 번쩍 뜨였다. 독서하고 기록하는 3p 바인더를 어떻게 부동산 영업에 접목했는지를 보여 주는 글이 내 마음에 와닿았다. 꼼꼼하게 기록하는 3p 바인더는 평소 잘 잊어버리는 내 성격을 잘 보완해 줄 수 있을 것 같았다. 나는 즉시 3P 바인더를 구입했다. 강규형 저자의 『성과를 향한 바인더의 힘』를 구입해서 읽으며 세밀하게 부동산 영업에 접목하기로 했다. 꾸준하게 책을 읽기 위해 부산 지역 독서 모임을 검색, 2024년 3월, 〈부산큰솔나비〉 독서 모임에 가입했다. 매월 2회 한 번도 빠지지 않고 참석하고 있다. 책을 쓰고 싶어 〈글센티브책쓰기스쿨〉에도 가입하여 공부하고 있다.

노창희 작가의 책 《연봉 10억 공인중개사의 비밀》은 20년 동안 중개업을 하면서 연봉 10억이나 벌 수 있었다는 사실이 믿기지 않아 두 번이나 읽었다. 내가 손님을 응대하는 데 얼마나 나태하고 성의가 없는 중개인이라는 알게 해주었고 사무실에서 수동적으로 일한다는 것도 깨달았다. 예전 회사 근무 시에는 필요한 일만 하면 매달 일정한 급료를 받을 수 있는 것과는 반대로 스스로 노력하지 않으면 돈을 벌 수 없다는 자영업자의 현실도 알게 되었다. 또한 부동산 전문가 채상욱 씨의 《대한민국 부동산 지난 10년, 앞으로 10년》 책은 나에게 타인의 재산을 사고파는 중개인은 세계 경제, 국내 경제, 부동산 동향, 세무 정보에 대해 많이 알아야 야 된다는 사실도 일깨워 주었다.

이지성 작가와 함께 독서로 성공한 정회일 작가가 수억 원대 빚의 절망 속에서 교육 플랫폼 대표되기까지 병과 싸우며 9년간 써 온 치열한 성장의 기록, '하려는 자는 방법을 찾고 하지 않으려는 자는 변명을 찾는다.'라는 글 구에서 나의 갈 길이 보였다.

그 외에도 김승호 작가의 《돈의 속성》에서 그동안 내가 돈을 잘 관리하지 못하고 남편 탓하느라 부자가 될 수 없었던 이유를 알 수 있었고, 로버트 기요사키의 《부자 아빠, 가난한 아빠》는 본인 스스로 어떻게 해서 남편과는 독립적으로 '리치 우먼'이 되었는지 책을 통해 알게 되었다. 특히 아나운서 출신 손미나 작가의 산티아고 순례길 메시지 《괜찮아, 그 길 끝에 행복이 기다릴 거야》 걸으면서 모든 것이 내 안에 있다고 나 스스로 길을 찾아야 한다고 했다.

부동산 관련 책들과 자기 계발서는 갑갑하던 마음의 실타래를 조금씩 풀 수 있는 계기가 되었고 독서 일기도 조금씩 적을 수 있었다. 나 본연의 정체성을 찾아가기 위해 해 독서는 내 삶의 선택이 아니라 필수라고 생각되었다.

1-3

인문학 행 기차표

(권은주)

"세상 살면서 지혜를 얻는 가장 현명한 방법은 독서라고 생각해. 은주야, 너도 독서 모임 나와 볼래?" "언제 하는데요?" "토요일 1, 3주 오전 일곱 시에서 아홉 시야." "네? 아……, 우선은 혼자 읽어 보고 다음 기회에 생각해 볼게요." 평소 멘토로 생각하는 직장동료 J가 6년 전 독서 모임을 권했다. 지금 생각해 보면 평소 불평, 불만이 많았던 나에게 또 다른 세계가 있다는 것을 알려주고 싶었던 듯하다. 하지만 독서 모임에 대한 필요성을 크게 느끼지 못했고, 좋은 책들은 혼자서도 얼마든지 찾아볼 수 있다고 생각했다. 그렇게 6개월이 흐르고, 나는 단 한 권의 책도 읽지 않았다. 이젠 혼자서 읽겠다고 말하는 것은 앞으로도 책을 읽지 않겠다고 말하는 것과 같았다. "J 선생님~ 2019년 1월 첫 모임부터 독서 모임에 참여해 보려 합니다. 미리 읽고 가야 할 책이 있나요?"라며 전화를 걸어 물었다. J는 친절하게 다음 도서는 《트렌드 코리아 2019》라고 알려주었다. 인터넷으로 주문해 책은 하루 만에 도착했지만, 막상 읽는 것은 쉽지 않았다. 억지로 반쯤 읽었을까? 독서 모임 날짜가 다가왔다. '간다고는 했는데, 다 읽지도 못하고 참석해도 될까? 어휴… 일도 많고, 생각도 복잡한데 무엇 하러 독서까지 한다고 해서.' 스스로가 원망스러웠다. J는 책을 다 읽지 않고 참석해도 된다고 부담 갖지 말라고 했지만 처음 보는 사람 앞에서 다 읽지 못했다고 말하기가 부끄러웠다.

　독서 모임 당일, 얼마나 고민했는지 모른다. 가지 않아도 되는 수만 가지 이유를 떠올리며 망설였다.
　'무엇을 물어볼까? 느낀 점은 뭐라고 말하지? 적용할 점도 발표한다던데' 걱정이 태산이었다. 하지만 참석하지 않아 신용마저 잃어버려서는 안 되겠다는 생각에 이불을 박찼다. 막상 준비하고 집을 나서니 차가운 새벽공기에 정신이 맑아졌다. 새해 첫날부터 독서 모임에 가는 뿌듯한 마음이 또각또각 부츠 굽 소리로 전해졌다. 독서 장소는 부전역에 있는 위드 경매학원이었다. 불이 꺼진 건물에 유독 2층 입구에서만 불빛이 새어 나왔다. '사람들이 모이긴 하는구나!' 생각하며 빼꼼히 문을 여는 순간 "안녕하세요? 〈부산큰솔나비〉에 처음 오셨죠? 반갑습니다." 밝은 표정으로 주먹 인사를 건네는 중년 남성 한 분이 계셨다. 정인구 회장이었다. "네, 안녕하세요?" 불쑥 내미는 주먹에 당황했지만 애써 아닌 척하며

　　　　　　　　　　　　　　　　　　　　　독서, 큰솔처럼

양 주먹으로 인사했다. 빠르게 눈동자를 굴리며 J를 찾았다. 그런데 J 말고 다른 분이 반갑게 말을 걸어왔다. 직장 동료 K였다.

"안녕하세요, 수간호사 선생님. 반갑습니다. 여기서 뵙네요."

"어서 와요, 선배님을 기다렸습니다."

선배님? 나보다 훨씬 나이가 많으신 수간호사 선생님이 나에게 선배님이라고 부르시는 게 맞나? 순간 잘못 들었는지 착각했다. "독서 모임에서는 교학상장의 의미로 서로의 호칭을 '선배님'이라고 불러요." 중년여성으로 보이는 회원 한 분이 의아해하는 눈빛을 보고 시원시원한 목소리로 말해주었다. 누굴까 궁금했던 그 분은 독서 모임 중간중간에 회원들이 하는 농담으로 정인구 회장 아내인 것을 알게 되었다.

이름표를 목에 걸고 디근 자로 맞춘 책상에 앉아 독서 모임이 시작됐다. 처음은 신규회원 소개였는데, 나 말고 한 명 더 있었다. 오랜 출장으로 영화감상, 독서, 음주 가무 등 안 해본 것이 없는 40대 후반 남자분이셨다. 이번에 부산 발령으로 가족들과 함께 생활하게 되었는데 독서를 좀 더 깊이 있게 하고자 인터넷으로 독서 모임을 찾아서 오게 되었다고 했다. '와, 신기하네! 스스로 찾아오시는 분도 있구나.' 속으로 생각하고 있던 찰나 내 차례가 돌아왔다. " 안녕하십니까? J의 소개로 참석하게 되었습니다. 혼자서는 도저히 책을 읽지 않아 독서 모임을 통해서라도 독서를 생활화하고 싶어 왔습니다. 잘 부탁드립니다." 부끄럽게 인사를 마치고 나니 환영의 박수 소리가 터져 나왔다. 10명 남짓 참석한 자리였지만 한 분 한 분 밝은 아우라가 눈부시게 느껴졌다. 첫 순서로 감사 나눔을 시작했다. '감사 나눔? 이건 또 뭐야?' 하며 감사 나눌 것을 떠올렸지만 쉽게 떠오르지 않았다. 하지만 다른 회원들은 아주 사소한 일상생활에서부터 힘들었던 일까지 어느 것 하나 버릴 것 없이 감사하고 있었다. 지금에 와서 하는 말이지만 나는 감사할 일이 없다고 생각했다. 어느 것 하나 마음에 드는 일 없이 이건 이래서 싫었고 저건 저래서 싫었다. "네, 저는 독서 모임에 오게 되어 감사합니다." 이렇게 간단히 소감을 나누고 고비를 넘겼다. 다음 차례는 책 나눔이었다. 2019년 새롭게 다가오는 트렌드를 짚어가며 자기의 생각과 의견을 말하는 회원들이 달리 보이기 시작했다. '같은 책 읽은 거 맞아? 어떻게 저렇게 생각이 깊고 전달력이 좋지?' 사실 기는 죽었지만 듣고 있으니 점점 더 흥미로웠다. 2019년은 이렇게 시작되는구나! 왠지 내 인생에도 뭔가 희망의 태양이 뜨는 것 같아 심장이 두근거렸다. '이 모임은 1년 6개월이나 지났다고 들었는데, 나도 꾸준히 하면 성과가 있겠지?'라는 기대감도 들었다. 독서 모임을 참여하기 전에는 '2시간 동안 지루해서 어떻게 있지?' 생각했었는데 시간은 순식간에 지나갔다. 마지막 공지 사항은 회비 안내

독서, 큰솥처럼

였다. 매달, 반기별, 연회비로 금액을 낼 수 있다고 알려 주셨다. '돈 내고 안 나오면 어쩌나? 달로 낼까? 우선 상반기만 해본다고 할까?' 내적 갈등이 시작되는 순간 마음먹었다. 〈부산큰솔나비〉 독서 모임 기차에 몸을 실어야겠다고. 억지로라도 시스템에 밀어 넣고 회비가 아까워서라도 나올 수밖에 없도록 바로 그 자리에서 12만 원을 투척했다. 그리고 독서 모임에 추천해 준 J에게 자랑스럽게 말했다. "선생님, 아니 선배님~ 저 연간회비 냈습니다. 회원분들도 좋으시고 유익한 시간이었어요. 다 읽지 못한 부분도 마주 읽고 싶어졌어요." 눈빛이 초롱초롱 빛났다. 그때 J 선배의 답이 정확히 기억나진 않지만 잘한 결정이었다고 격려해 준 것만은 분명하다. 그렇게 나는 처음으로 인문학 행 기차표를 단돈 12만 원에 구매했다.

개구리 올챙이 시절
(문미옥)

　재잘재잘 시끌벅적 속닥속닥 다양한 소리와 함께 나의 일과는 시작된다. 해맑은 웃음, 수줌음, 사랑이 넘치는 아이들이 있는 세상 유치원은 나의 생활 터전이자 청춘, 내 인생의 전부다.

　결혼하고 8년 차 큰아이 초등학생 둘째 유치원생이 되자 시간의 여유가 생겼다. 그 무렵 인생 여정에 대한 의문과 평생 엄마 아내 며느리 딸로서 살아가는 삶에 회의를 느끼기 시작했다. 취미생활도 하고 책도 읽고 친구들과 어울려 수다도 떨었다. 그래도 채워지지 않는 갈증을 느끼고 있을 즈음 시댁에서 운영하는 유치원에서 일할 수 있는 제의를 받았을 때 용기 있게 수락했다. 전업주부에서 직장인이 되었으며, 지금 생각해 보면 대단한 용기였다. 그 선택으로 나의 인생이 바뀌었고 모든 것이 새롭고 낯설었지만, 배우고, 도전하는 바쁜 일상이 나를 생동감 넘치게 했다. 가슴 뛰는 시절이었다. 두 아이를 키우는 육아 맘, 아내로서 가정을 잘 꾸리기 위해 최선을 다했으며 유아교육 전문 경영인으로서 아이의 미래를 책임진다는 사명감으로 가슴이 벅찼다.

유치원을 운영하면서 행복하고 즐거운 일도 많았지만, 어렵고 힘든 순간순간이 나를 긴장하게 했다. 아이들, 부모와의 관계 속에서 나타나는 이중성, 결정 장애, 불안증, 강박 증상이 나의 삶을 짓눌렀으며, 선택과 집중 그리고 결과에 따라 운영의 어려움이 발생하기에 늘 날 선 상태였다. 아이들 교육과 함께 부모의 요구 조건은 많아지고, 교육도 급변하는 사회문화에 대처해야 한다. 특히 MZ 세대 부모의 다양한 요구와 출산율이 저하되어 아이들이 줄고 있다. 부산 지역에는 유치원, 어린이집이 1,700개 있다. 살아 남기 위해 급변하는 시대 흐름에 잘 적응해야 한다. 교육에 필요한 강연을 듣고 배운 내용을 실천하며 강사님이 추천하는 책의 의도를 파악하여 새로운 시각으로 책 속에서 답을 찾으려 했다. 그렇게 32년 아이들의 미래를 위한 교육을, 책임감을 느끼며 경영하고 있다.

나의 어린 시절은 지금의 풍경과 아주 다르다. 유튜브, 핸드폰, 컴퓨터가 전무한 시절 골목에서 친구들과 뛰어다니며 즐겁게 놀았고 책도 교과서와 학용품도 넉넉하지 않은 시절이어서 책을 접할 기회가 없었다. 그러다 학교 앞 책 대여점이 생기면서 만화책을 빌려보면서 책과 친숙해지기 시작했다.

그렇게 열세 살 소녀가 책 읽기 시작했다. 책 종류를 가리지 않고 읽었으며 느낌, 깨달음, 실천의 개념은 없었다. 책을 반은 읽고 대부분은 베개로 사용했던 기억이 어렴풋하다. 그런데도 책을 읽은 덕분인지 주변에서 말을 조리 있게 잘하고 목소리가 좋다는 이야기를 자주 들었다. 그럴수록 책을 열심히 읽은 것이 아니라, 말은 예쁘게 표현하려고 애썼다.

성인이 된 후 책을 읽는 이유에 대해 의문이 들기 시작하면서 책 읽기가 싫어졌다. 책 대신 운동, 수다, 낮잠, 쇼핑, 여행 등 다양한 취미생활을 즐겼다. 시간이 지나자, 뭔지 모를 갈증 같은 게 느껴졌다. 갈증이 뭘까를 생각해 보니 책이었다. 가장 가까운 곳에서 언제나 나를 위로하고, 격려하고, 충고하고 때로는 지름길도 알려주는 책. 잠시 방황은 책의 소중함을 알게 한 계기가 되었다.

TV를 즐겨보지 않는데 틀어진 화면에서 중학생이 학교에서 스트레스를 받으면 집에 가서 수학 문제를 풀어야 한다는 장면이 나왔다. 학생의 답변은 수학 문제를 풀고 있으면 모든 상념이 사라지고 정신이 집중되어 평정심을 찾게 된다는 것이었다. 그 시간이 힐링의 시간이라는 답을 듣고 무릎을 쳤다. 아! 나에게 책은 어떤 가치와 누구와 나누어야 하고 무언가를 위해 노력해야 하는 것이 아니라 힐링의 방법이라는 것을 알게 되면서 책은 나의 소중한 친구가 되었다. 책은 타인을 위해 읽는 것이 아니라 결국 행복해지기 위해 읽는 것이었다.

체계적인 책 읽기와 도서 선정을 모임을 통해 배워간다며 성장하겠다는 생각에 방법을 찾고 있었다.

그러다 퇴직한 교사가 〈부산큰솔나비 독서 모임〉을 알려주었다. 머리에 번쩍 불이 켜지는 듯했다. 너무 궁금하고 알고 싶어 무작정 참석한 첫날, 나의 독서력이 부족함을 느꼈으며 토론 과정에서 독서의 깊이가 느껴졌다. 같은 부분을 읽었음에도 해석과 바라보는 시각이 달랐으며 명석한 젊은 회원들이 많아 놀랐다. 긍정에너지가 넘쳐났으며 잘하고 싶다는 욕심이 생겼다. 의욕도 잠시, 모임 시간이 토요일 오전 7시가 걸림돌이었다. 당시 6시 30분에 기상 직장도 10분 거리에 있었다. 수년 동안 지켜온 생활루틴. 더 빠른 기상을 할 수 있을까? 망설여졌다. 그래도 독서 모임에 참석하기로 마음먹었고 긍정에너지가 넘치는 독서 모임을 하는 것이 좋아 매월 첫째 주, 셋째 주가 기다려졌다. 열세 살 책을 좋아했던 소녀가 내 속에서 꿈틀거리고 있었다. 내성적이고 짝지가 있어야 안정되는 그런 열세 살 소녀가 인생 3막에서 설렘과 떨림으로 그날을 기다리고 있었다. 편견 된 독서가 아닌 다양한 장르를 접하는 진정한 독서가가 되기 위해 노력하는 나를 보면서 책이 나의 삶 속에서 또 다른 여정을 시작하고 있음을 직감했다.

독서, 큰솔처럼

다른 사람이 아닌 나 스스로에게 만족한 삶을 살고 싶다. 매일 매일 닥치는 문제들만 해결하기에 바쁘다. 20대는 직장 정착과 결혼 문제, 30대 육아 문제, 40대 승진 문제, 50대가 되는 지금은 부모 건강 문제와 노후 문제 등으로 고민하고 있다. 주어진 일을 열심히 하다 보면 내가 좋아하는 일을 하며 즐기는 삶이 찾아올 것이라는 막연한 희망을 품고 살아왔다. 하지만, 살아가는 삶 속에 해결해야 할 문제들은 크기가 다양하게 계속 생겨난다. 내가 좋아하고 잘하는 일은 무엇일까? 어느 날 나에게 던져 본 질문에 특별하게 떠오르는 것이 없다. 어느덧 퇴직 이후의 삶을 고민하는 나이가 되어 있는데 말이다.

"어머니, 아이 봐 줄 이모님이 집에 못 오신대요. 죄송하지만, 오늘 우리 집에 좀 와 주실 수 있으세요?" 출근 시간 30분 남겨놓고 아이 돌봄 이모가 못 온다는 연락이 왔다. 출근은 해야 하고 당장 2, 3세 연년생 아들 둘을 맡겨야 한다. 급하게 시댁에 전화했다.

"오늘 나도 안 되겠다." 마지막 희망인 어머님마저도 안 된다고 하신다. 출근해서 처리해야 할 일도 많고 동료와 윗분 눈치도 보이지만 사무실에는 집에 일이 생겨 연가를 하루 쓰겠다고 연락했다. 구체적인 내용을 말하지 않았지만 아이 문제로 오늘도 결근하는구나 하고 직원들은 알고 있을 것이다. 아이가 생기면 의도하지 않게 다양한 일이 생긴다. 결혼한 여직원은 업무 집중도가 낮아질 수밖에 없다. 자리 비우는 일이 잦다는 얘기는 듣고 싶지 않았고, 나로 인해 사무실에 영향을 주는 게 무엇보다 싫기도 했다. 하지만, 방법이 없다. "그렇게 힘들면 그만두고 애 키워!" 그런 말이 돌아올 것 같아 어디 얘기도 하지 못하는 시절이 있었다. 연년생 아들 둘이 있는 집은 돌봄 하시는 분들이 선호하지 않는 집이다. 갑자기 일이 생겨 돌봄 이모가 그만둘 경우 사람을 구하기 위해 A4 용지 여러 장에 "아이 봐주실 분 구합니다." 크게 쓰고 연락처를 한 장씩 뜯어 갈 수 있도록 문어발을 만들어, 동네 여기저기 붙여 놓고 전화 오기만 기다렸다. 동네에 인상 좋은 아주머니만 봐도 우리 아이 좀 봐주실 수 있어요? 불쑥 물어보고 싶은 용기가 생길 정도로 다급했다. 이런저런 이유로 자주 양육자가 바뀌다 보니 아이들 정서 발달에도 좋은 영향을 주지는 못했다.

"준호야 준비해서 어린이집 가야지?" 아직 젖병을 들고 다니는 아들을 준비시켜 어린이집에 보내고 둘째는 아파트 옆 동 이웃에게 맡기고 출근해야 한다. 둘째는 등에 업고 큰아들은 손을 잡고 나오는데 현관문 앞에서 어린이집 가기 싫다고 큰아들이 울며 떼를 쓰기 시작한다. 기다리고 있는 어린이집 봉고차 앞에서 타기 싫다고 버티는 아들 손을 뿌리치며 돌아서는 뒤로 울음소리와 함께 봉고차 문이 닫히는 소리가 들린다. 아직 말이 통하지 않는 아이 눈에는 동생만 엄마와 같이 가고 혼자 어린이집으로 분리되는 게 싫었을 것이다. 걱정은 되지만 눈을 마주치면 안 된다. 마음은 아프지만, 모른 척 얼른 돌아서 가는 수밖에 없다. 아이가 하루 종일 울고 있는 건 아닌지, 밥은 잘 먹는지, 다른 아이들에게 치이지는 않는지, 문득문득 떠오르는 생각들로 출근해서도 마음이 무겁기만 하다. 그 시절 휴직이라는 제도가 있었지만, 앞선 선례도 없었고 내가 첫 번째가 될 용기도 없었다. 휴직하고 복직할 경우 연고지가 아닌 선호하지 않는 외진 곳으로 발령이 나거나 영원히 복직할 수 없을 것 같은 두려움이 있었기 때문이다. 아이는 어린이집 적응이 여전히 어려웠고 이러다 학교도 가기 싫어하게 될까 걱정 근심이 끊이지 않는 나날이었다. 남편은 어려운 일이 있을 때는 책에서 답을 찾는 사람이다. 시험 준비나 자격증, 업무 때문에 의무적으로 챙겨 봤던 참고서나 업무용 보고서 읽는 것이 전부였던 나와는 달리 다양한 분야의 책을 읽고 확고한 신념이 정립된 사람이다. 자녀 양육을 위한 환경이 뒷받침되지 않은 문제로 불평불만이 쌓여 있는 나에게 아이 심리와 관련된 책을 읽어보라는 권유를 했다. 지금 당장 문제 해결이 시급한 나에게 남편의 느긋함이 답답하기도 했지만, 뾰족한 대안이 없었다. 시간을 두고 전문가들의 아동 심리와 아동의 성장에 관련된 책들을 찾아보기 시작하면서 아이들 발달을 돕기 위해서는 부모의 지식이 필요하다는 것을 알게 되었다. 《현명한 부모는 아이를 느리게 키운다》의 저자, 소아정신과 신의진 교수는 "육아에 있어 내가 무언가 잘못했구나! 깨달았다고 한들 이미 그 순간은 지나갔고 되돌릴 수 없다."고 말한다. 이미 아이들이 성장하고 알게 된 내용들은 좀 더 빨리 알았더라면 우리 아이들에게 적용할 수 있었을 텐데 하는 아쉬움이 남지만, '아이가 행복하기를 바라면 느리게 키워야 한다, 느리게 키우면 엄마까지 행복해진다'는 저자의 생각에 공감하며 아이가 행복하게 자랄 수 있도록 도와야 한다는 나만의 교육 기준을 가지게 되었다. 주말엔 가까운 교회 유년부에서 우리 아이가 또래 아이들이나 선생님과의 관계를 관찰할 수 있는 시간을 가졌다. 우선 아이가 하고 싶어 하고 좋아하는 것을 발견하고 기다려 주려 애쓰면서 아이와의 친밀감을 쌓아 갈 수 있는 유익한 시간을 보냈다. 결혼 전 아이들을 좋아해서 유아교육에 꿈을 잠시 가지기도 했었다. 불평과 원망으로 가득 찬, 전쟁 같은 삶을 살면서 가깝게 있는 소중한 것을 제대

독서, 큰솔처럼

로 보지 못하고 좋아하던 것도 잊고 지냈다. 돌이켜보면, 스스로 계획해서 무언가 이루는 것보다 뜻밖에 주어진 일들과 문제 해결을 위해 트레이닝 되어가고 있는 나를 발견한다. 힘든 육아 덕분에 심리 관련 책들을 찾아보게 되었고, 우리 아이의 문제를 들여다보기 위해 시작한 주일 학교 교사 생활은 천진난만한 아이들과 소통하면서 어린아이들이 툭툭 내뱉는 말 속에서 아이들의 걱정거리와 속 마음을 읽는 데 많은 도움이 되었다.

1-6

터닝 포인트, 변화를 꿈꾸다

(이은숙)

언제부터였을까? 나에게 책을 읽는 사람은 특별한 사람이라고 생각했던 적이 있다. 공부를 잘하거나, 책을 좋아하는 사람은 처음부터 따로 있다고 생각했던 것 같다. 어쩌면 책을 읽지 않는 나의 합리화였을까? 놀기를 좋아했던 나는 학교 마치고 집에 들어오면 책가방부터 방에 던져놓았다. 그러곤 마치 약속이 있는 사람처럼 많은 시간을 친구들과 밖에서 놀았다. 숙제도 하기 싫었지만 억지로 했었던 기억이 난다. 그런 나와는 달리 어린 시절 오빠는 책을 좋아해 역사책, 위인전 등 많은 책을 읽었다. 그것도 속독으로 읽어 한 권을 읽는데 내 기준에서는 시간도 얼마 걸리지 않았다. 그때 얼핏 깨달았었기도 했었다. '아~ 책을 많이 읽으면 빨리 읽히기도 하는구나'라고……. 그러던 중 언젠가 집에서 언니, 오빠가 읽던 만화책을 봤다. '와~ 이건 달랐다.' 내가 그동안 봤던 책들은 글만 많고, 재미없게 느껴졌다. 그런데, 이건 달랐다. 그림도 있고, 뭔가 쉬울 것 같았다. 아니나 다를까 나에게 만화책은 신세계였다.

그때부터 주로 순정 만화를 많이 읽었지만, 액션, 코믹 등 만화 장르를 가리지 않고 봤다. 세 남매가 만화책을 읽을 때 정해진 순서가 있었다. 가장 빠르게 읽는 오빠가 먼저 읽는다. 그리곤 언니가 읽고, 그다음이 나였다. 방 한가운데 만화책을 잔뜩 가져다 놓고, 우리 세 남매는 각자 마음에 드는 벽 쪽으로 몸을 기댄다. 그다음은 순서대로 읽었다. 다 읽고 만화 얘기를 하던 때가 기억난다. 그것이 나의 책에 대한 첫 번째 경험이다. 누군가는 '에이~ 만화책은 책이 아니죠~' 라고, 생각할 수도 있다. 하지만 내 인생의 첫 번째 책은 만화책이다. 만화책에도 인생이 있었고, 희로애락이 있다고 자신 있게 얘기할 수 있다.

중·고등학교 때에는 필독서 이외 1년에 소설 몇 권 정도 읽어봤을까? 고등학교 때 만났던 절친들은 책을 아주 좋아했던 친구들이었다. 그럼에도 나에게 책은 여전히 어렵고 책을 읽으면 잠이 오는 사람이었다. 초등학생 시절 육상선수였던 나는 공부에 취미가 없었고, 공부를 잘하지 못했다. 그즈음 언니 따라갔었던 부산시립도서관을 자주 따라다녔다. 초등 2학년 때는 친구 집에 간다는 언니를 무조건 따라가서 민폐를 끼쳤던 기억이 있다. 어린 시절 나에게 두 살 차이 언니는 큰 어른 같았다. 언니를 따라가면 나도 어른인 것 같았고, 재미난 일이 있다고 생각했다. 도서관도 그래서 따라갔었다. 언니 따라갔었던 도서관에서 책을 보기 위해서가 아니라 언니가 공부 끝나고 나면 도서관 매점에서 사주던 돈가스의 신세계를 경험하고 자주 따라갔었던 기억이다.

회사 생활 하느라 바빴던 나는 별다른 여가 활동이 없었다. 그저 바쁘다는 핑계로 여가생활뿐 아니라 책과는 점점 더 멀어졌다. 우연히 알게 된 1040 부산 여성 지도자들을 위한 교육을 듣게 되었다. 수료 후 몇 년이 지난 후 기수 모임을 하면서 친구인 희정이를 알게 되었다. 동기 모임 후 집이 같은 방향이라 집으로 가는 길에 많은 얘기를 나눴다. 그때 지금의 〈부산큰솔나비〉 독서 모임을 알게 되었다. 희정이는 함께 했으면 좋겠다고 이야기해 주었다. 모임 시간이 토요일 오전 7시, 당시 엄마의 투석 시간과 같아서라는 이유와 핑계로 계속 주저했었다. 그럼에도 꾸준히 나를 설득해 주었다. 3년 정도 지난 후 엄마가 돌아가신 후 조심스럽게 건넨 친구의 추천에 나도 마음의 문을 조금씩 열기 시작했다. 처음 독서 모임에 참석하고 내 행동과 생각의 변화가 조금씩 일어나기 시작했다. 2주 안에 한 권의 책을 읽는다는 것에 대한 부담이 덜어지면서 같은 책을 읽고 난 이후 다른 선배들의 생각을 들을 수 있어서 좋았다. 아직도 책을 읽는 것이 익숙하진 않다. 하지만 매일 조금씩 읽으려고 노력하는 내 모습이 좋다. 그리고 읽는 것에서 그치지 않

독서, 큰솔처럼

고 배출해야 한다는 선배들의 조언에 용기를 내어본다. '계속하다 보면 뭐라도 되겠지'라는 생각이다.

이제는 글을 쓰는 사람이라는 두려움과 설렘이 기분 좋다. 커피숍에서 앉아서 멍하니 있을 때 가끔 메모하면서 글을 쓰기도 한다. 마치 내가 오랜 경력을 가진 작가가 된 듯한 나의 모습을 상상하며 글을 몇 자 써 내려간다. 조심스럽게 취미를 글쓰기라고 얘기해 보려고 한다. 책으로 인해 작은 변화와 전환점! 내 삶의 변화를 꿈꾸며, 또 다른 성장한 내 모습을 상상해 본다.

책 읽기는 항상 옳다?

(전미경)

책 읽기! 나에게 학창 시절 교과서 외에 독서라는 이름으로 시작된 책 읽기는 언제부터일까? 정확한 시기는 알 수 없지만 초·중·고등학교를 거치면서 '책을 읽는 것은 옳은 일이고 좋은 것이다.'라고 나도 모르게 세뇌가 된듯하다. 이 단순한 명제에 대해 한 번도 의문을 품어 본 적이 없다. 정말 그럴까? 책 읽기는 항상 옳을까? 옳고 바른 것을 행해야 한다는 투철한 윤리의식을 갖고 있던 나는 애써 다짐하곤 했다. 책을 많이 읽어야겠다고. 언제나 그렇듯 반복되는 다짐은 실행력 부족의 방증이다. 운동이 필요하고 좋은 걸 알지만 실천하기 힘든 것처럼, 채소·과일 식이 좋은 줄 알지만 그것만 먹기는 힘들어, 라면, 치킨, 피자, 콜라 등을 물리치지 못하는 것처럼, 나에게 독서는 좋은 줄 알지만 늘 다른 오락거리나 잠에 양보하는 존재였다. 사실 운동도, 채소·과일 식도 좋다는 걸 몸으로 진하게 느껴본 바가 없다. 그저 남들이 다 그렇게 말하니까, 막연히 그럴 것 같으니까, 나도 그러해야 한다는 의무감을 가졌던 모양이

다. 책도 다르지 않다. 책을 읽고, 깊은 감명이나 삶에 작은 변화라
도 경험한 적이 별로 없다.

초등학교 시절 우리 집에는 이렇다 할 책이 별로 없었다. 자연,
책 읽기를 즐기는 취미도 갖지 못했다. 그나마 책 읽기에 대해 잊
히지 않는 기억이 하나 있긴 하다. 모르긴 해도 그날은 정말 놀 친
구도 없고 심심한 하루였나 보다. 방바닥에 뒹구는 책이 한 권 눈
에 들어왔다. 책 표지도 찢겨 떨어져 나가고 없다. 너덜너덜 변소
에 갖고 가기 딱 좋은 수준이다. 다행히 한 장을 넘기니 제목이 적
힌 페이지가 보인다. 《엄마 찾아 삼만리》. 한 페이지 한 페이지 책
장을 넘기며 읽는데 너무 슬프다. 눈물이 찔끔 난다. 읽을수록 더
눈가가 젖어온다. 누가 보면 어떡하지? 훤한 대낮에 이불을 뒤집어
썼다. 놀러 나간 언니, 오빠들이 올세라 엄청 바삐 읽고, 눈물을
지우느라 혼났던 기억은 40년이 지난 지금도 생생하다. 그러나 이
것이 전부다. 책 읽기의 감동은 여기서 끝이다. 왜 그랬을까? 내가
주로 읽는 책들은 소설책 아니면 에세이 정도였다. 그것도 읽는 속
도가 느려서 300페이지 분량의 책을 며칠, 때로는 몇 주에 걸쳐
읽곤 했다. 그저 읽는 동안 약간의 재미를 느꼈고, 한 권을 뗐다
는 성취감 정도로 만족했다. 얼마나 깊이 내용을 이해하고, 내 삶
에 적용했는지는 중요치 않다. 그저 누군가와 대화를 나눌 때 '나

그 책 읽었잖아.' 한마디에 힘을 실을 수 있다는 것에 만족감을 느꼈다.

그 후 3~4년 뒤 지금의 남편을 만났다. 그도 책에 대한 생각이나 수준이 딱 나와 도토리 키재기다. 그렇게 궁합이 맞아서일까? 결혼을 하기로 했다. 누가 먼저였는지 한 사람이 작은 아파트에 거실을 서재화 하자는 제안을 했고, 기다렸다는 듯 또 한 사람이 좋다고 했다. 혼수로 TV는 당시 가장 큰 걸로 장만했지만, 영화나 다큐용이라 못을 박았다. 거실에는 3개의 책장과 큰 책상을 놓았다. 어쩜 우리의 독서력은 바닥이지만 독서에 대한 동경만은 남다르다는 공통점을 가진 얄궂은 커플이었다.

신혼 초 대학 친구가 암웨이를 들고 왔다. 몇 시간을 혼자 떠들고 얇은 책을 하나 두고 갔다. 그때까지만 해도 나에게 책이란 모름지기 일반적인 소설이나 에세이 정도의 크기나 두께가 아니면 책이 아니었다. 손바닥만 한 책은 왠지 사이비종교 단체의 유인물 같다는 고정관념을 갖고 있을 때였다. 제목은 '프로슈머' 어쩌고 하는 거였는데 내 눈에는 도저히 정상적인 책이라 할 수 없었다. 어릴 적 큰아버지가 간혹 오셔서 두고 가신 '여호와 증인'의 찌라시 정도로 보였다. 그런 책은 차남인 아버지에게 그 많은 제사를 물려주고, 본의 아니게 맏며느리 역할을 떠맡은 엄마를 힘들게 하는 괴물이다. 그랬기에 예의상 받고 아니 앉은 테이블에 두고 간 것을 다시 챙겨 넣어주지 못했을 뿐이다. 그런데 바른 생활 사나이, 신랑이 아내의 친구에 대한 예의로 읽은 모양이다. "저 책 내용 꽤 좋더라." "그래요? 정말?" 반신반의하며 읽어 내려간 책 내용은 기가 막혔다. '진리다. 진리!' '심 봤다!' '할렐루야!' '유레카!' 온갖 감탄사를 붙여도 모자랄 판이었다. 그것이 계기가 되어 나는 암웨이 사업에 빠져들기 시작했다. 상식을 가지고, 합리적인 이성을 가진 사람이라면 누구라도 이 일을 해야 마땅했다. 사명감마저 들었다. 그렇게 그 일에 빠져있기를 10년! 이론과 현실의 괴리는 참으로 컸다. 그것을 메워보고자 무던히 애썼으나 역부족임을 10년이 지난 후에 깨닫게 된다. 가족들과 지인들에게 많은 미안함과 부끄러움을 남긴 채 지난 10년의 열정은 서서히 막을 내리기 시작한다.

하지만 10년 동안 잃은 것만 있는 것은 아니다. 참 크게 얻은 것은 책에 대한 고정관념을 깨부수는 계기가 되었다는 것이다. 책에 대한 뿌리 깊은 고정관념으로 책은 고전문학, 현대소설, 에세이 정도가 다였다. 자기계발서는 한두 권 겨우 읽었을까? 그런 내가 자기계발서는 그저 그런 뻔한 도덕 교과서 같은 얘기를 너도나도 카피해서 내는 책이라 생각했다. 당연히 터부시하며 읽지 않았다. 그런데 암웨이를 접하면서 자기계발서에 대한 인식이 바뀌기 시작했다. 소위 말하는 자기 관리가 자기계발서를 통해 가능했다. 긍정적인 생각과 말, 정리 정돈하는 바른 습관, 미래를 바라보는 안목, 라떼 세대에 머물지 않을 수 있는 세련된 사고의 원천도 자기계발서였다. 불가능할 것 같은 것들을 가능하다 믿으며 꿈을 키우고 도전할 수 있었던 것도 자기계발서를 읽었기에 가능했다. 그리고 건강과 경제 관련된 책도 많이 읽을 수 있었다. 그냥 혼자 읽고 마는 것과 누군가에게 설명하기 위해 읽는 것은 차원이 다르다. 건강, 경제 상식이 턱없이 부족한 내가 고객에게 내 말에 집중하게 하는 힘은 하나라도 더 알아야 가능했다. 그랬기에 사람을 만나는 일보다 책을 읽고 정리하는 시간이 더 많았다. 어쩌면 그 부분이 좋아서 그 일을 10년을 지속할 수 있었는지도 모르겠다. 시쳇말로 웃픈 일이다. 사업은 모름지기 돈을 벌기 위함이지 않던가. 그러니 사업의 결과는 뻔할 뻔 자다.

사업보다 책 읽기에 관심이 더 많았다. 그러면서 사업의 일환이라는 마음으로 인터넷 폭풍 검색으로 독서 모임을 찾기 시작했다. 그러다 우연히 만나게 된 인연이 정인구, 강지원 부부가 리더인 〈부산 큰솔나비〉 독서 모임이다. 이 모임에 참석할 첫 마음을 낼 수 있었던 실마리는 추천 도서 목록에 자기계발서가 많다는 것이었다. 그러나 지금은 역사, 인문학, 철학 등 다양한 분야를 아우를 수 있다

독서, 큰솔처럼

는 것이 더 큰 매력으로 와 닿는다. 편협한 책 읽기의 폐해를 온몸으로 느꼈기 때문이다.

생각해 보면 과거 10년 동안의 책 읽기는 순수하지 못했다. 말하자면 철저히 사업의 툴이었다. 조직이, 내가 의도하는 방향으로 상대를 설득하기 위한 도구였다. 내가 의도하는 바에 부합되는 책들만을 선별했고, 다분히 자의(自意)적인 해석을 했다. '그것 봐라. 내 말이 맞지?' 신문도, 책도 내 말에 힘을 실어주는 것들만 골라냈다. 위험한 일이다. 아주 위험천만한 일이다. 활자는 대단한 위력을 지녔다. 그 힘을 나는 활용을 넘어 악용은 아니라도 많은 부분 목적성을 갖고 이용하려 했다. 그때는 몰랐다. 내가 하는 짓이 어떤 의미인지.

1-8
삶의 '의지'라는 불씨를 붙여 준 독서
(전세병)

독서를 좋아하기 전 내 삶의 추억을 돌아보려면 10년 전 고등학교 시절부터 이야기의 물꼬를 트는 것이 쉬울 거 같다. 중학교 때 특목고 학생이 되고 싶다는 마음에 중학교 2학년 때부터 중학교 3학년 때까지 영어를 열심히 했었다. 당시에 외고 입학 정책이 내가 자신 있는 영어 성적만 반영했다. 나에게는 좋은 기회였다. 중학교 졸업 때까지 영어 한 과목에 시간을 많이 할애하여 공부했다. 열심히 한 결과 외고에 합격하였다. 입학했을 때 성취감은 트램펄린을 타는 아이처럼 신이 났다.

신나고 즐거웠던 기분은 얼마 가지 못했다. 첫 모의고사를 쳤을 때 냉엄한 현실과 맞닥뜨리게 되었다. 다른 과목은 고사하고 열심히 했던 영어는 성적이 잘 나올 줄 알았다. 하지만 영어를 포함한 전체 시험 성적이 내가 받아본 적 없는 성적이었다. 나에 대한 실망감이나 후회가 몰려왔다. 다른 친구들은 입학하기 전 마지막 방학 동안 선행학습을 어느 정도 해왔었다. 무력감에 사로잡혀 공부에도 점점 손을 놓게 되었다. 그 뒤로 시험을 3년 동안 봤지만, 성적은 마음에 들지 않았다. 고등학교를 졸업했지만, 미련과 후회는 남아있었다. 1년 동안 양산 대성기숙학원에서 재수를 했다. 처음에는 대다수 사람이 '다이어트는 내일부터!'를 외치듯 호기롭게 시작했지만, 초기에 잡았던 그 마음은 오래 가지 않았다. 재수도 그렇게 흐지부지 끝나버리면서 성적에 맞춰 대학을 가다 보니 원하지 않던 상경대학으로 가게 되었다. 대학생활은 솔직하게 말하자면 전혀 즐겁지 않았다. 수업이 귀에 들어오지 않았고 셔틀을 타고 학교를 가는 시간이 길고 너무 싫을 정도라고 느꼈다. 의기소침해져 혼자 있는 걸 원하게 되었다. 타인과의 아니 외부 자체의 연결을 자발적으로 차단하고 다녔다. 대학교 친구도 거의 안 사귀고 있는 듯 없는 듯 외톨이 생활을 하였다. 더욱이 학교를 나가 제대로 수업들은 횟수도 얼마 되지 않았다.

어릴 때 태권도하다가 다리를 다친 적이 있었다. 괜찮겠거니 하고 치료받을 생각은 하지 않았다. 통증이 있는 채로 걸음을 이상하게 걸었었다. 중학생 시절이 되자 성장기 시기여서 더 그런지 치료 안 하고 방치했던 결과가 몸으로 바로 느껴졌다. 절뚝거리고 단거리 달리기나 순간적으로 힘을 주려고 하면 근육이 경직된 채로 쓰러지는 증상들이 자주 있었다. 심하다 싶어 왜 그런가 하고 병원에 갔다. 검사를 받고 나니 오른쪽 아킬레스건 힘줄 한쪽이 왼발과는 상대적으로 길이가 짧다고 했다. 걸음을 편한 대로 걷다 보니 생긴 결과였다. 수술하고 나서도 쓰러지는 증상은 나아지지 않았다. 그래서 긴장을 풀어주는 안정제 같은 약도 처방받았었다. 그런 다리로 생활하다가 성인이 되었다. 2년 정도 대학에 다니던 중에 병역의 의무를 해야 할 때가 왔다. 다리가 당연히 좋지 않으니 군대 현역으로는 무리가 있었다. 4급으로 판정받고 사회복무요원으로 배정되었다. 사실 그 판정을 받고도 훈련소에 들어가기까지 2년이 걸렸다. 첫 판정을 받고 소집 통보를 못 받다가 일 년 뒤에 재검 요청까지 들어왔었다. 덕분에 어머니랑 같이 재검하기 위해 대구에 있는 중앙병역판검소에 가는 경험도 하였다.

우여곡절을 거쳐 입대가 결정되고 집에서 뒹굴뒹굴하며 쉬고 있었다. 어머니께서 독서 모임에 같이 가보지 않겠냐는 제안을 하셨다. 집에만 지내고 누구랑 교류하지도 않고 어디 가기도 귀찮고 싫어하던 때였다. 마음 한편에선 계속 이렇게 살 수는 없지 않냐며 스스로 갈등하던 참이었다. 사람과 교류하고 좀 활동을 해보자고 내 속 깊은 곳에서 속삭임이 들렸다. 지금의 독서 모임인 부산큰솔나비의 회장님께서 그 시절 나의 모습에 대해 자주 얘기하신다.

독서, 큰솔처럼

누가 봐도 끌려온 것처럼 보였다고 한다. 부끄럽지만 사실이었다. 자신도 여기 있는 게 맞나 싶으면서도 일단 해보자는 마음이었다. 책을 읽고 지금에선 글쓰기까지 할 거라고 그때는 상상이나 했을까?

　우연인지 필연인지 나의 사회복무요원으로서의 근무지는 부산대학교 도서관이었다. 보통 근무지는 집 근처로 배정해 주는 것이 일반적이다. 본가 쪽인 부산 사하구에 있는 소방서나 구청에 지망을 하나씩 넣었다. 마지막 3지망을 고민하다가 희망 근무지 조건이 출퇴근 소요 시간이 2시간이 넘지 않는 곳이면 신청이 가능하다고 했다. 부산대 도서관에 자리가 있는 걸 발견했다. '이런 곳에도 공익근무지가 있네? 넣어볼까?' 하며 호기심 반으로 지원했다. 그런데 이게 뭐람 3지망이 근무지로 된 것이다. 독서 모임에 들어온 지 얼마 안 된 시기에 도서관에서 근무하게 되었다. 책을 접해보라는 누군가의 계시인가 싶었다. 훈련소에 들어가기 전까지 독서 모임은 자신의 의지가 아니었다. 어머니의 바람과 마음 한쪽에 있는 변화에 대한 갈망이 나를 억지로라도 참석하게 했다. 훈련소에 들어가서 관점이 바뀌었다. 그전까지는 나갈 일이 없다 보니 우물안에 개구리였다. 훈련소 안에선 여러 분야 공부와 사업을 하는 사람들을 보았다. 많은 모습을 보며 세상의 시야를 넓힐 수 있었다.

훈련소에서 받았던 훈련 중 해냈다고 성취감을 느끼게 한 건 행군이었다. 다리가 안 좋았지만 아예 걸을 수 없는 정도는 아니었다. 4급으로서 실제 훈련은 훈련소 한 번밖에 못 한다. 그래서 끝까지 아니, 될 때까지 쓰러져도 좋으니 해보자는 마음으로 임했다. 소대장이었던 분께서 안 좋으면 도중에 앰뷸런스 요청해도 된다고 배려해 주셨다. 도전해 보고 싶었다. 중간에 정말 못 하겠단 마음이 들 때가 있었다. 발톱에 피멍이 들었지만, 유혹을 떨쳐내고 완수해 냈다. 행군을 끝까지 완료했을 때 스스로에게 칭찬했다. 행군으로 인해 훈련소를 나오고 나서 나와 독서와의 인연이 더 깊어졌던 거 같다. '이것도 해냈는데 독서 모임은 뭐'이란 자세가 생겨 독서 모임이 즐거워지기 시작했다. 게다가 사람들 만나는 것이 즐거워졌다. 갇혀있던 날 세상을 꺼내 준 삶의 전환점이 그 시점이 아니지 않을까 한다.

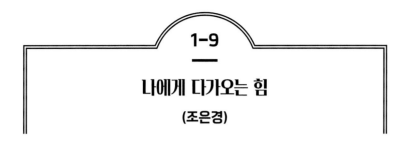

나에게 다가오는 힘
(조은경)

"도서관에 가면 인생 선배들이 있으니까 가보세요!"

어떤 분이 한 말이 기억난다. 유쾌하게 말씀을 해주셔서 도서관에 갈 때면 항상 생각이 난다. 오늘은 어디 서 계신 인생 선배님을 만나볼까? 오늘은 이분이다!

새로운 책과의 만남은 항상 반갑다. 누군가 책 속에 길이 있다고 했다. 그러나 길은 책 속에 있는 것이 아니라, 책을 읽는 사람 속에 있다. 나이가 들수록 사람은 쉽게 변하지 않는다. 그럼에도 한 권의 책이 인생을 바꾸는 작은 디딤돌이 될 수 있다.

어릴 때 베개처럼 생긴 두꺼운 책들이 유리문이 있는 책꽂이에 꽂혀있었다. 너무 무거운 물건처럼 보여서 책꽂이 유리문만 쳐다봤다. 아버지가 책을 많이 읽으라는 의미로, 종류별로 100권을 가격 할인해서 책을 구매했다. 그렇게 무거운 책들 위에 누워있는 얇은 시집이 있었다. 이건 뭐지? 펼쳐서 읽어 보았다. 읽기 쉬운 짧은 문장과 감동이 있는 시집이었다. 이건 나도 쓸 수 있겠는데? 시집 출판이 행동으로 이어지진 않았지만, 밤에 혼자 종이에 끄적거리는 것을 좋아했던 나는 귀여운 시를 적어 공책 한 권의 시집 형태로 만들었던 기억이 난다.

나의 성격은 초등학생 6학년까지는 극 내향적이었다. 이렇게 살면 안 되겠다고 생각하곤 중학교 1학년 때부터 다른 사람으로 태어나자! 라는 마음을 굳게 가졌다. 꾸준히 발표했고 사람 관계 책도 읽었다. '그래. 사람은 책이 아니라 책 밖에서 경험하면서 세상을 알아 가는 거지!' 이렇게 초등학생 때 유일한 친구가 되었던 책이 중학생 때부터는 활동적인 성격이 되면서 책과의 시간이 자연스럽게 멀어졌다. 그 이후 읽었던 책은 고등학생 시절 선생님 수업이 너무 지루해 소설책을 읽었던 것과 교과서가 전부이다.

20대에는 대학교를 졸업하고 직장을 다니고 홍보 관련 대학원도 동시에 다녔다. 하고 싶었던 공부와 하고 싶었던 일을 하며 평탄한 인생을 보내고 있었다. 사회생활을 하면서 내가 직접 사업을 추진해 보고 싶다고 생각하게 되었고 사업가의 꿈을 가지게 됐다.

스물여섯 살 어느 가을 업무차 KTX를 타고 서울역에 내려서 택시를 타려고 기다리고 있었다. 어떤 밝은 웃음을 한 40대 초반 되어 보이는 아줌마가 파란색 차에서 두 아이를 태우고 있었다. 그 장면은 사진기처럼 찰칵하고 강하게 나의 뇌 속에 저장되어 결혼하는데 동기부여가 되었다. 결혼에 큰 관심이 없던 내가 결혼에 관한 책을 사서 보았다. 운전면허증도 취득하고 행복한 결혼생활을 꿈꾸며 두 아이를 태울 자동차도 샀다. 누구인지도 모르는 아줌마의 작은 행동이 나에게 나비 효과를 부른 것이다.

23년 11월. 어느 가을날.
비즈니스 리더가 되기 위해선 '마음과 생각 중심'을 잡아야 하지 않을까? 라고 생각하기 시작했다. 그러다가 책을 이용해서 마음의 중심을 잡자는 결론을 내렸다. 혼자서는 책 읽는 것이 힘들 것 같았다. 금방 포기할 것 같았다. 책 읽는 모임에 참여하면 되겠다는 생각이 들었다. 책 모임을 탐색했다. 블로그, 밴드, 카페 등 많은 곳을 검색해 봤지만 느낌이 오는 곳이 없었다. 휴대폰을 가만히 보다가 문득 생각난 것이 오픈 채팅방이었다. '부산 독서'를 검색하자 제일 상단에 뜬 모임이 있었다. 〈부산큰솔나비〉 독서 모임 오픈 채팅방에 들어가자마자 활짝 웃고 있는 독서 회원들의 사진이 마치 '어서 오세요'라고 인사하는 듯했다. 사진을 보며 이곳에 모인 사람들의 마음이 궁금해졌다. 평일의 과중한 업무에 시달리다 지친 어깨로 이곳에 모여드는 이유는 무엇일까? 분명 친구들과의 시간이 간절했을 것이고, 손짓하는 방 안의 침대가 그리웠을 텐데….

두 달 동안 휴대전화로 오픈 채팅방의 사진과 글을 구경했다. '이분은 누구신데 나비넥타이를 하고 있지? 저분은 나이가 좀 있어 보이시네. 내 또래도 있는 것 같은데. 신청해 볼까? 말까? 망설이다가 2024년 12월 말, 결국 〈부산큰솔나비〉 독서 모임에 참석하기로 마음을 먹었다. 독서 모임 참가 신청서를 작성하여 제출했다.

독서 모임 처음 참여하는 날. 혼자만의 물음표 '?'는 참석 첫날 느낌표 '!'로 바뀌었다. 이곳에는 모든 조건을 내려놓고 인생 친구를 찾고 싶은 사람들이 모여 있었다. 같은 책을 읽어도 각자 살아온 배경과 위치에 따라 다르게 이해한다. 나이, 성별, 지위를 떠나 각자의 경험과 노하우를 공유한다. 책 나눔을 통해 차츰 나를 알아가게 되었다. 내가 무엇이 부족하고, 잘하는 것이 무엇인지를 생각하게 되었다.

"책 속에 길이 있다"라는 말을 많이 들어왔지만, 독서 모임에 참여하면서 그 길이 내 앞에 선명히 펼쳐지는 것을 경험했다. 40대가 되면 사람은 변하지 않는다고들 하지만, 나는 확실히 변하고 있었다. 아니, 이미 변했다. 어느 토요일 아침, 남편이 밥을 먹다 말고 말했다.

"여보, 요즘 무슨 좋은 일 있어? 얼굴이 밝고, 에너지가 넘치는 것 같아!"

남편뿐만 아니라, 주변 지인들도 비슷한 말을 한다. 부정적인 생각은 줄고, 그 자리를 긍정과 성장의 에너지가 채우기 시작했다. 가정뿐만 아니라 내가 하는 일에서도 그 변화가 선명하게 드러났다. 이 변화는 혼자서 이룰 수 없는 것이었다. 함께 책을 읽고, 생각을 나누는 순간들이 나를 더 나은 방향으로 이끌었다. 독서 모임은 단순한 책 읽기를 넘어 삶의 변화를 불러오는 힘이 되었다.

부산큰솔나비

나로부터 비롯되는 선한영향력

2장

책과의 첫 만남,
새로운 세계

2-1

책은 새로운 세계 입국 가이드
(강준이)

책과의 만남에서 얻은 것 중 내세울 만한 것은 안내자를 만난 것이다. 궁금하고, 힘들 때, 하고 싶었던 일들의 처리 방법을, 책을 통해 알게 되고, 지치지 않고 하게 되었을 때의 기쁨이 영양제가 되어 성장을 도와주었다. "아! 그렇구나!"라며 고개를 끄덕이는 안도는 특효약 효과를 느끼게 해준다. 중학교를 졸업하자마자 고향인 충청도 칠갑산 자락의 마을을 떠났다. 타향인 부산에서 직장 일과 공부를 병행한 일상이 대학 졸업까지 계속되었다. 그 긴 시간 힘들 때, 향수병을 앓고 있을 때면 책은 언제나 보약 같은 역할을 해 주었다.

대학병원 간호사가 되었다. 그것도 중앙 수술실에서. 처음엔 소독약 냄새와 피비린내 적응이 과제였다. 택시를 타면 기사님이 질문했다. "병원에 갔다 오세요?" 화들짝 놀라서 "어떻게 아세요?"라고 질문하면 "소독약 냄새 납니다."라는 대답이 돌아왔다. 듣기 좋은 질문이 아니었다. 다음 질문은 "누가 입원했습니까?" 하며 배려

독서, 큰솥처럼

하며 질문한다. 가족이 입원한 것보다는 직원인 것이 다행이기는 하지만, 속을 뒤틀리게 하는 소독약 냄새는 본격적인 수술 업무 오리엔테이션을 받게 되고부터 잊었다.

컴컴한 새벽 출근길 버스에서 나도 모르게 '운전기사님, 작은 사고라도 내주세요. 그러면 오늘 출근하지 못한다고 연락하게요!'라는 기도를 할 정도로, '차라리 내가 수술 침대 위에 누워있는 환자였음 좋겠다'라는 생각이 들 정도로 수술 과정을 익히고, 적응하느라 힘들었다. 피비린내와 소독약 냄새는 애교라고 해도 지나친 말이 아니다. 업무가 힘든 날은 동료들과 술집에서 밤새도록 간호사 타령을 하며 마셔도 스트레스 강도는 낮아지지 않았다. '간호사가 적성에 맞지 않는구나, 다른 일을 해 보자.'라며 이직을 생각한 적이 안 한 날보다 많았다. 이직의 유혹이 넘치는 날은 마시는 술도 효력이 없다. 만화책을 산처럼 쌓아놓고 생각의 끈을 자르며 밤을 지새우는 날도 많았다. 그런 와중에도 급여 일이 되면 '의미 있는 일을 해보자. 힘들게 받은 돈을 술값으로 탕진하면 안 되잖아?'라며 스스로를 달래면서 서점을 찾았다.

그때는 책을 사면 직원이 친절하게도 깔끔한 포장 종이로 포장도 해주었다. 포장지에 가려진 책을 들고 직장에 들고 간 어느 날이었다. 무슨 책인지 궁금해하던 모 교수님이 책을 펼쳐보셨다. 책 앞장에 책을 산 날, 책을 선택한 이유와 그날의 기분을 적어 놓은 것을 읽은 모양이다. 악명 높기로 둘째라면 서러워할 교수는 그날 수술 진행하며 내게 무척 친절했다. 어리둥절한 기분으로 수술이 끝났다. 다음 날 교수는 대화를 걸어왔다. 단지 책을 직장에 들고 왔고, 책의 메모 몇 줄을 읽어 보고 높은 평가를 내린 것 같았다. 내가 들어간 수술 진행에서 집도 교수의 친절함은 나만 좋은 결과를 준 줄 알았다. 그런데 레지던트들도 교수의 젠틀한 수술 진행에 스트레스를 받지 않게 되었다. 수술 보조의 위치에 있는 레지던트가 스트레스받지 않고 실력 발휘를 맘껏 하니 수술 진행이 매끄러웠다. 자연스럽게 서로에게 친절하게 대하니 수술업무가 수월해지기 시작하였다. 그렇게 이직의 고비를 나도 모르게 넘기며 직장생활에 적응하였다. 내 마음에 잡초가 자라면 잡초 제거용으로 책을 읽고 있었는데 뜻밖의 배려를 받았다.

어느 날 동료에게 내가 읽은 책 중 가슴에 담기는 내용의 책을 선물했다. 사용해 본 물건이 좋거나, 먹어 본 음식이 맛있거나, 여행 장소가 좋으면 권유하는 것이 인지상정이듯이. 무척 기뻐하던 모습에 덩달아 기뻤다. 좋은 책을 읽고, 그 좋은 책을 선물하도록 마음을 이끈 책이 나를 변화시켰다고 묻는다면 대답은 '그렇다'이다. 그냥 책을 읽었고, 좋은 책이어서 밥을 사듯 책을 한 권 선물했을 뿐인데 받은 사람들이 화답으로 따뜻한 마음을 베풀어 주었다. 책과 따뜻한 사랑을 베풀어 주는 사람들이 곁에 있다는 것은

독서, 큰솔처럼

엄청난 일이다. 밤을 하얗게 새우는 수술을 13시간 동안 진행하고도 활기찬 다음 날을 맞을 수 있게 된 것이다. 그렇게 40년을 대학병원 간호사로 근무하는 동안 책은 내가 힘들어 끙끙거릴 때마다 앞에서 끌어주고, 뒤에서 밀어주었다.

책은 가장 오래된 친구이다. 내가 아무리 변덕을 부려도 내 곁을 지킨다. 내팽개치고 관심을 보이지 않다가 불현듯 찾아도 변함없이 나를 반긴다. 그러니 책을 어찌 가까이하지 않을 수 있을까? 늘 혼자서 읽곤 하던 책을 사람들과 같이 읽고 싶은 마음이 싹트기 시작하였다. 그러다 운 좋게 〈부산큰솔나비〉 독서 모임을 만났다. 『성공을 바인딩하라』를 읽었다. 책 말미에 서울과 지방 곳곳에 독서 나비가 많이 있다는 안내 글을 읽었다. 홈페이지를 방문하여 부산에 독서 나비가 있는지 질문을 올렸다. 마침, '부산에도 나비모임이 곧 생길 것이다.'라는 답변을 받고 기다렸다. 부산 동래우체국에서 시작한 〈동래 나비〉 창립 일을 기다렸다가 첫 모임에 참석하였다. 친절하며 열정 가득한 정인구 회장 부부가 시작한 모임이다. 같이 하니 한 권을 읽어도 여러 권을 읽은 효과가 있어서 한 달에 두 번 하는 모임을 소풍 가는 어린이처럼 기다렸다. 독서 모임가는 날은 늘 발걸음이 가벼웠다. 회장은 가끔 내게 말해준다. "준이 선배님 처음 오실 때보다 많이 변했습니다." 구체적으로 무엇이 변했는지 잘 모르겠지만 좋은 방향으로 변했다는 의미여서 들고 또 들어도 좋은 말이다. 분명하게 알 수 있는 것도 있다. 독서 모임에서 찍은 사진들을 보면 늘 밝게 웃고 있다. 그 어느 곳에서 찍은 사진보다 표정이 좋은 것을 보면 내가 가장 좋아하는 시간은 독서 모임에서 보내는 시간인 것이다. 표정이 좋다는 것은 볼 수 없는 내 마음이 보이는 것 아닐까? 그렇다면 나는 평생 갚아도 못 갚을 값진 변화를 책에서 받았다. 누가 이렇게 좋은 말을 내게 많이 해 줄 수 있을까? 바로 책이다. 나만 허락하면 끝없이 나를 반기는 책! 외출이나 여행길에도 가방에 책이 한 권 없으면 지갑에 돈도 없이 시장 가는 마음처럼 허전하다. 콩나물에 물을 주면 그냥 흘러 내려가 버리는 것 같지만 신기하게 콩나물이 자라는 걸 시골집에서 자주 보았다. 내가 콩나물 같다. 책을 읽고 내용은 쌓이는 것은 거의 없이 사라지지만 스쳐 지나가는 물에 자라는 콩나물처럼 나는 지금도 책 덕분에 자라고 있다. 책은 새로운 세계, 정신과 몸이 행복해지는 나라로 나를 극진하게 안내해 준다.

2-2
나의 첫 독서(신문, 만화)
(구미옥)

부산 토박이인 나는 부산진역에서 수정산 쪽으로 올라가다 보면 수정산 중턱, 부산항이 한눈에 보이는 곳, 아침이면 해가 일찍 떠서 늦잠을 잘 수 없는 농사짓는 부모(엄마) 밑에서 5남매의 셋째로 태어났다. 아버지는 영주동 전화국에 근무하는 말단 공무원이었다. 엄마는 우리 5남매를 키우기 위해 집에서 10분 정도 거리에 있는 밭을 소작했다. 엄마는 수확한 상추, 배추, 무 등을 큰 소쿠리에 담아 수정동 시장에 팔았다. 나도 머리에 이고 시장에 가서 엄마 옆에서 같이 채소를 팔았다. 그 돈으로 엄마는 모자라는 생활비와 학비를 보탰다. 그것도 모자라 무남독녀였던 엄마는 외할아버지의 도움을 받았다. 덕분에 이웃들은 대부분 단칸방에 살았지만 우리는 90평쯤 되는 대지에 바깥채는 우리가 살고 안채 2동은 세를 놓아 그 집에서 나오는 월세로 우리 5남매는 대학도 졸업할 수 있게 되었다.

지금은 아파트, 연립, 주택으로 변했지만, 그 당시 동구 수정동 뒷산은 밭이나 논이었다. 지금은 집 앞 언덕 밑으로 영주동, 대청동에서 올라오는 산복도로가 생겨 버스도 다닌다. 부산진역, 동구청에서 올라오는 길도 꼬불꼬불한 골목길이 아닌 일직선 포장된 도로가 생겼다. 언덕 위 첫 번째 골목 우리 집, 왼쪽은 계단 도랑 건너편도 그 당시 논이었다. 오른쪽은 골목을 마주 보며 위로 판잣집 여러 채가 우리가 소작하는 밭까지 이어져 있었다. 초등학교 3학년 때인 것 같은데 학교 갔다 오다 논두렁 조그만 개울을 건너다 넘어져 무릎 부근에 생채기를 냈던 기억도 있다. 지금의 우리 집은 터만 남아 있다. 동구청에서 매입하여 쌈지공원으로 변했다. 외할아버지가 사셨고 우리 5명이 태어나고 출가, 부모님이 돌아가신 곳 우리의 오래된 추억이 묻혀 있는 곳이다.

　우리 집에는 내가 어릴 적부터 '신문'을 구독했는데 아버지, 오빠들은 항상 저녁에 신문을 읽었다. 국내 뉴스도 있었지만 해외 뉴스에 더 관심이 많았던 나는 매일 신문을 읽었다. 아마 나의 교과서 이외 첫 독서였다. 특히 해외 토픽난을 즐겨 읽었다. 엘리자베스 여왕, 여왕 동생의 이혼, 지적이고 아름다운 재클린 케네디, 케네디 대통령의 암살, 비틀스, 비지스 팝 스타 세계 유명 인사들 관련 뉴스들은 나의 지적 호기심 대상이었다. 당시 읽을거리가 교과서밖에 없는 시절에 특히 국제신문은 나에게 세상과 소통하며 세상을 알게 해주었다.

위의 두 오빠는 어릴 적 공부도 잘했는데, 특히 큰오빠는 그 당시 근처에 있는 명문고를 다녔고 기타도 잘 연주했다. 지금도 창원에 가면 침대 머리맡에 기타가 있다. 큰오빠는 대청마루에서 기타 치며 노래를 부르곤 했는데 힘들게 일하고 들어온 엄마는 도와줄 생각은 안 하고 한량처럼 기타나 치며 놀고 있다며, 두 번 정도 오빠의 기타를 박살 냈다. 그때 불렀던 노래가 비틀스의 'Yester-day'. 지금도 난 이 노래를 부를 수 있다.

우리 집은 두 개의 골목이 연결된 대문이 두 개로 왼쪽 대문 밖은 논밭이었고 걸어서 5분 정도 떨어진 우물에 물을 길어 식사 준비를 해야 했던 시절이었다. 우리 동네에는 또래 친구들이 없어 우리 집 대문 앞 골목 앞에 사는 조숙한 한 살 많은 언니랑 친했다. 10분 정도 가야 하는 개울가 앞의 만화방을 자주 갔다. 그 당시 내 기억으로 만화 속 주인공들은 하나같이 신데렐라처럼 머리가 길고 빤짝빤짝 색색의 구슬이 달린 화려한 드레스, 뾰족구두 신은 공주가 대부분이었다. 놀거리가 별로 없었던 우리는 수업만 마치면 만화방에 가서 해가 저물도록 환상 속의 세계였던 만화를 보았던 게 나의 두 번째 독서 경험이다. 밥은 세 끼 배부르게 먹었지만, 반찬에 달걀 하나 볼 수 없었던 궁핍의 시대에 알프스의 소녀, 소공녀,

빨간 머리 앤 등의 외국 소설을 주제로 한 만화를 신문 해외 토픽처럼 시간이 가는 줄도 모르고 해 질 녘 나를 찾는 엄마의 소리가 들릴 때까지 앉아서 보고있었다. 최근 〈빨강머리 앤〉 드라마 넷플릭스 시청은 나의 소녀 시절 감성을 생각나게 했다.

위 오빠 둘, 동생 둘이었던 나는 엄마가 밭일하고 오기 전까지 저녁 준비를 해야 했다. 우리가 사는 바깥채는 방 3, 부엌 2개인 옛날 슬레이트집이었다. 우리 가족은 방 2개 이용하고 세를 살고 있는 다른 한 가족은 방 1, 부엌 1개 딸린 집에 살았다. 한 방에 부모, 여동생, 남동생 5명이 자야만 하는 생활에서 소설 속의 주인 공처럼 나는 언제쯤 내 방이 있을까? 나의 백마 탄 왕자님은 어떤 모습일지 상상하며 잠들었다. 결국 결혼할 때까지 내 방을 가지지 못했다.

그 당시 모두가 다 힘든 시기였지만 나의 첫 독서인 신문과 만화 『세상이 넓고 할 일도 많다』라는 책 제목처럼 나이키 신발 OEM 무역회사에 일하면서 세상도 알게 되었다. 지금은 회사에 다니지 말고, 영어 교사가 되지 않았음을 후회하지만. 한국이 아닌 외국으로의 동경과 환상은 대학 전공을 영문과로 진학하는 계기가 되었다.

우물 긷는 아이

(권은주)

호기롭게 독서 모임을 시작했지만 2주에 한 권씩 책을 읽는다는 것은 생각보다 쉽지 않았다. 모임 때마다 완독하지 못해 부끄러웠고, 다음 회차 때에는 꼭 다 읽고 오겠다고 다짐했지만 1년 정도는 힘들었다. 하지만 부지런히 우물물을 길어 항아리에 채운 것일까? 점점 책 읽는 속도가 빨라지고 독서량도 늘어가기 시작했다. 〈부산큰솔나비〉 정인구 회장 권유로 원포인트 발표도 하고, 10분 세바시를 통해 나를 뒤돌아보는 시간도 가졌다. 어느덧 독서 모임 활동은 삶 속에 천천히 스며들었고, 나의 삶은 하나둘씩 변하기 시작했다.

내가 처음 발표한 원포인트 책은 구사나기 류순의 『반응하지 않는 연습』이었다. 처음 하는 발표라 책의 내용 하나하나를 요약하며 중요 내용을 전달하고자 하였다. 책을 읽고 매 장마다 중요한 문구를 정리하다 보니 발표를 준비하는 것이 아니라 나 자신을 다독이며 위로하는 시간이 되었다. 다른 사람에게 인정받고, 지지 않으려고 애쓰는 안쓰러운 나를 마주하게 된 것이다. '최고의 승리란 상대에게 반응해 마음을 빼앗기지 않는 것'이라는 문장을 읽었을 때, 뒤통수를 한 대 맞는 기분이었다. 아! 나는 과연 어떤 삶을 살고 있었던 것일까? 다른 사람을 판단하고, 내가 정한 기준에 맞지 않으면 틀렸다고 쏘아붙였던 것은 아닐까? 그렇게 스스로 반성하며 주변에서 일어나는 일에 반응하지 않고자 노력했다. 하지만 어디 책 한 권 읽는다고 하루아침에 변할 일인가? 반응하지 않는다는 것은 어렵지만 반응하고 있다는 것을 인지할 수 있다는 것만으로도 인생에 큰 도움이 되었다.

한번은 고대 스토아 철학의 대가 세네카의 《화에 대하여》를 읽었다. 가장 기억에 남는 문장은 "화를 낸다는 것은 낭떠러지에서 뛰어내리는 것"이라고 했다. 낭떠러지에서 뛰어내린 사람은 하강하는 힘에 저항하거나 곤두박질하는 몸의 속도를 늦출 수 없어, 일단 뛰어내리는 순간 냉혹한 결과를 맞게 된다는 것이다. 아! 얼마나 자주 낭떠러지에서 떨어졌는지 온몸에는 피가 철철 흐르고 뼈가 부서져 제대로 몸을 가눌 수 없는 지경의 나를 발견했다. 화를 내는 것이 얼마나 어리석은 일인가! 되돌릴 수 없는 피해 막심한 일이었다. 그날 이후로는 화를 많이 줄였다. 화가 나더라도 객관적인 상황만을 전달하려고 했고, 화를 가만히 바라보려고 노력했다. 하지만, 아직도 화가 나는 상황에서 낭떠러지에 몸을 날리곤 한다. 그렇지만 예전과는 달리 떨어질 때 낙하산을 펴며 천천히 하강한다. 무엇 때문에 화가 났고, 어떻게 하면 화를 가라앉힐 수 있는지 천천히 하늘 풍경을 바라보며 떨어져 수직 낙하로 인한 엄청난 외상을 피할 수 있는 것이다.

　몇 년 전 직장 상사와 갈등이 고조되던 어느 날이었다. 어떻게 해도 못 한다는 편잔에 의기소침해 있었다. S 선배가 독서 모임 중 우연히 사정을 알게 되었는데, 그때 추천해 준 책이 그렉 맥커운의 《에센셜리즘》이었다. 지금 내 상황에 도움이 될 만한 책이라고 했다. "선택할 수 있는 권리를 스스로 포기하는 것은 그 힘을 다른 사람들에게 넘겨줌과 동시에 다른 사람들이 내린 선택을 맹목적으로 따르는 것이다"라는 문장을 읽다가 나도 모르게 눈물이 흘렀다. 부당한 일을 당하고 있었음에도 불편한 선택을 피했고, 그로 인해 내 선택권을 다른 사람이 쥐고 흔들었다. 이 책을 읽고 난 후 선택에 대해 실천했다. 회사에 부당함을 알리고 얽힌 실타래를 끊어낸 것이다. 만약, 책을 읽지 않았더라면 용기를 낼 수 있었을까? 명확한 목표를 위해 본질이 아닌 것은 모두 다 버리라는 것. 이 문장 하나가 힘든 상황 속에서 나 자신을 구제한 것이다.

망가진 삶을 추스르고, 다음 단계로 가야 할 길이 막막했다. 도대체 얼마나 더 무엇을 해야 하는 것인가? 아무리 노력해도 세상은 변하지 않는다는 생각에 허탈감이 밀려왔다. 그때 삶의 방향을 찾게 해준 책이 기시미 이치로, 고가 후미타케의 《미움받을 용기》였다. '나의 과제와 타인의 과제를 분리'하는 것! 내가 선택한 일은 나의 몫, 타인이 선택한 일은 타인의 몫으로 그 결과를 존중해 주는 것이다. 책임감 있게 행동한다고 한 것이 다른 사람의 인생을 참견하고, 타인의 과제까지 짊어지고 가는 주제넘은 삶이라고 그제야 깨달았다. 그렇게 독서를 통해 내 삶은 조금씩 가벼워졌다.

책을 읽기 전까지는 오만가지 부정적인 생각들이 잠시도 멈추지 않고 깊은 늪으로 끌어당겼다. 하지만 책을 읽기 시작하고부터는 어떤 상황이 와도 쉽게 반응하지 않고, 가만히 바라보며 나의 선택을 믿고 존중하는 삶을 살게 되었다. 나와 타인의 과제를 분리하면서, 불필요한 삶의 무게도 정리할 수 있었다. 만약 책을 읽지 않았더라면 지금의 모습은 어땠을까? 끈 떨어진 연처럼 이리저리 흩날리고 있었을지도 모르겠다. 작은 웅덩이에 고인 물이 흘러가려면 물이 차야 앞으로 나갈 수 있고, 흙탕물이 맑은 물로 바뀌려면 계속 새로운 물을 부어주어야 한다. 그런 이치를 알기에 오늘도 부지런히 우물에서 맑은 물을 길어 작은 항아리를 채운다.

독서, 큰솥처럼

2-4

올챙이 다리가 나오다

(문미옥)

    〈부산큰솔나비〉 독서 모임에 참석했을 때, 나보다 연배가 어려 보이는 회원이 호칭을 '선배'라고 불러 깜짝 놀랐다. 선배라는 호칭도, 장소도, 그 모든 것이 낯설었다. 회원 연령대가 30대에서 50대. 난생처음으로 나이가 많다는 것을 실감하며 망설였지만 처음 시작하는 일은 불편함을 감수해야 한다는 것을 알기에 일단 해 보자는 맘으로 시작했다.

    독서 모임을 시작한 지 얼마 되지 않아 코로나로 모든 일상의 패턴이 달라졌다. 대면 모임이 금지되어 독서 모임을 줌으로 하면서, 한 시간 더 잘 수 있었고, 상의는 블라우스, 하의는 실내복을 입고 토론할 수 있어 편하고 좋았다. 코로나로 시작한 줌 독서 모임이지만 세상의 속도에 나를 맞추어 가며 비대면 토론 환경에 익숙해져 많이 성장한 계기가 되었다. 그렇게 시작한 독서 모임이 엊그제 같은데 벌써 4년이 지났다. 다시 대면 독서 모임이 재개되고, 회원들을 만날 수 있었다. 친한 친구와 짝지가 되어 독서 모임에 참석하며 훨씬 좋을 텐데, 아직도 혼자서 익숙해지려고 노력하고 있다. 그렇게 독서 모임에 적극적으로 참석하여 잠시 머무르는 회원이 아닌 성장하는 회원이 되고 싶었다. 독서 모임 티 타임도 처음에는 낯설었지만, 이제는 즐거움과 힐링의 시간이다.

새벽 5시 미라클 모닝 〈아주 특별한 아침〉에도 참석하여 새벽 시간의 고요함과 특별함도 알 수 있었다. 매일 가족, 친구, 지인, 교사들에게 감사 편지를 예약 문자로 보내 평소 전하지 못한 마음을 전했다. 또, K 선배가 《거인의 어깨》 365일 필사를 시작하였다. 그렇게 나도 미라클 모닝 회원들과 함께 주절주절 365일 하루도 빠짐없이 필사에 성공했다. 나의 졸필! 지금 생각해 보면 아주 부족하지만 성장했음을 스스로 느낀다. 하지만 나는 여러 선배와 달리 〈거인의 어깨〉에 필사했던 글을 단톡방에 올리지 못했던 소심함을 고백한다. 나의 민낯을 보여주기 부끄러웠던 알량한 자존심이었다. 다른 사람 글을 관심 있게 읽어 보지 않는다는 J 선배의 말은 들었지만…. 그래도 주절주절 글쓰기를 시작한 나에게 박수를 보낸다. 이제는 새벽 다섯 시에 감사 일기, 《질문이 답이다》 글쓰기, 책 읽기로 시작하는 아침 두 시간은 나에게 주는 가장 값진 선물이다. 이 시간이 생각과 정리 그리고 살아가는 힘을 얻는 에너지

독서, 큰솔처럼

원이다.

 과거의 나는 유치원을 운영하거나 가족 문제에 어려움을 겪을 때 종종 사람에게서 해결책을 찾으려 했다. 의존적이고 선택, 결정 장애, 지나친 걱정 등으로 친밀감 있는 동료가 있어야 안정감을 느꼈다. 그리고 문제가 생길 때마다 사람에게서 필요한 답을 구했다. 시간이 지나자 이러한 의존이 나의 성장을 방해한다는 것을 깨닫기 시작했으며 책을 읽고, 독서 모임에 참여하면서 새로운 사고방식에 눈을 뜨게 되었다. 글쓰기, 나 자신에게 어려운 질문 던지기, 깊은 성찰을 통해 답이 내 안에 있을 수도 있다고 생각하기 시작했다. 사람에게 의존하지 않고도 해결책을 찾을 수 있는 사람으로 변해가고 있다. 또한 책과 친구가 되어 혼자 있다고 해서 반드시 외로운 것은 아니라는 것도 배웠다.

 독서 모임 장소로 이동할 때 나는 항상 설레고 두근거리는 감정을 느낀다. 명석하게 한 문장과 간결한 어투로 핵심을 짚어내는 독서 모임 선배를 보면서 감탄과 부러움을 동시에 느낀다. 나도 잘하고 싶은 맘에 조바심을 내어도 본다. 세상은 급변하고 있지만 그래도 나의 속도에 맞추어 천천히 하나씩 하나씩 알아가는 기쁨은 책을 읽지 않는 사람은 알 길이 없다. 앎이 기쁨이 되는 독서! 누구에게도 빼앗기고 싶지 않다. 독서를 통해 성장하고 있는 내 모습이다.

독서와 연수를 주기적으로 들으면서 나의 삶도 되돌아보게 된다. 유아기에 가장 중요한 자존감 긍정성 연수를 듣고 밑도 끝도 없이 아들에게 "엄마가 너희들에게 어떤 긍정적인 표현을 가장 많이 했을까?"라고 질문하면 바로 나오는 답이 둘이다. "엄마 또 어떤 연수 들었어!", "무슨 책 읽었는데?" 답이 궁금해진다. 그래도 아들은 "언제나 잘하고 있어, 대단해"라는 말을 가장 많이 들었다고 한다. 또, 남편, 아들 둘, 남자 셋인 가정에서 더 이상 험악해지지 않고 살아갈 수 있었던 것도 유아교육과 책의 도움이 아니었을까 생각해 본다.

2년 전 갑작스러운 어머님의 황달 증상으로 아산병원에서 담즙 시술로 15일간 입원했었다. 그때 읽었던 《멘탈의 연금술》은 든든한 친구가 되어 주었다. 이 책을 통해 불안한 미래에 닥치지 않은 걱정으로부터 조금은 자유로워졌다. 한 권 한 권이 나에게 선물 같은 조언과 격려를 해 주는 책이 지천에 있어 감사하다. 책을 읽는 데서 그치지 않고 한 권을 통해서 난 무엇을 배웠으며 어떻게 행동할 것인가에 집중하고, 작가의 의도 시대 배경 등을 생각하면서 작가와 한 몸이 되어 책을 통찰하는 힘을 얻고자 노력한다.

지나고 보니 유치원 운영 32년 차 행복했던 시간으로 가득하다.

맑고 생동감 넘치는 순수한 아이들과 생활하면서 유아들의 정직한 감정표현 노력하는 과정에서 얻는 기쁨, 성장하는 아이들의 모습을 지켜보는 즐거움은 덤이다. 그리고 무엇보다 직업관을 통해 관계의 중요성, 대화 방법, 긍정성, 적극적인 사고 방법을 배웠다. 다양한 연수를 통해 자신을 내면화하여 가족관계도 단단해졌다. 그 밑바탕에는 항상 책과 인생 멘토가 함께했고 더불어 살아가고 있음에 감사하다.

책을 통해 깨닫고 적용하는 삶

(안현정)

    20대에 시작한 직장생활은 눈앞에 목표를 달성하기 위해 노력해야 했고, 더 나은 성과에 도달하지 못했을 때의 상실감 속에 나보다 앞서가는 동료와 비교하며 자책하는 날들의 연속이었다. 일과 육아를 병행하면서 정해진 퇴근 시간에 교대를 위해 집으로 달려와야 했다. 일과 외 업무가 생길 때는 부득이 집으로 일거리를 가지고 오거나 동료나 상사 눈치를 보며 퇴근해야 했다. 회식이 있는 날은 항상 빠지는 사람으로 찍혀 있어서, "회식도 일의 연장이야!" 외치는 상사의 따가운 시선을 피해 다녀야만 했다.

    출산과 함께 찾아온 육아는 시댁 어른이나 친정 부모님의 도움을 받지 못한다는 원망과 매일 늦는 남편에게 쌓여 가는 불만은 분노로 변해가고 있었다. 감추고 눌러왔던 감정들이 불쑥불쑥 올라와 뿜어내는 거친 말은 서로에게 상처만 더 깊게 패게 했다. "얘, 너는 애들이 이쁘지 않니?", "지금이 제일 좋을 때다. 3년만 참아봐라." 힘들고 지쳐있는 나에게 오랜만에 손주들을 보며 좋아하시는 아버님의 말씀이다. 그렇게 3년만 지나면 나아지겠지, 그리고 또 3년만, 하며 보낸 세월이었다. 얼마 전 이사하며 정리를 채 하지 못해 여기 저기 끼워져 있는 아이들 사진을 발견했다. '우리 아이들이 이렇게 이뻤나?' 되돌아가고 싶어도 갈 수 없는 시간! 아이들의 얼굴과 몸 짓에 관심을 기울이지도 못하고, 같이 있어만 주어도 좋았을 시간 을 많이 보내지도 못한 채, 부족한 부모와 함께 성장해 버린 우리 아이들에게 문득 미안한 생각이 들었다. 7년 전, 본부 근무 없이는 승진하지 못한다는 인사 원칙 때문에 승진 문제를 놓고 고민하던 시기였다. 가족을 떠나 다른 지역에서 언제 할지도 모르는 승진을 기다리며 시간을 보내야 하는 문제라 남편의 결단이 필요했다. 마 누라에게 두고두고 원망을 듣게 될지도 모른다는 두려움 때문이었 을까? 남편은 고등학생 두 아들과 함께 부산에 남겠다는 어려운 결 정을 내려 주었다. '고등학생 아이 둘을 두고 엄마가 간도 크다, 여 자가 승진이 뭐가 중요하다고 그렇게까지 해야 하냐?' 등 당장, 가까 운 친척들과 지인들의 따가운 시선도 있었다. 열심히 살아가며, 성 장해 가는 부모의 모습을 보여주는 것 또한 아들에게 산교육이 될 수 있다고 내 마음 편한 대로 생각하며 스스로 위로 삼았다. 혼자 만의 시간이 자연히 많아졌고, 퇴근 후 저녁 시간은 온전히 나에게 집중하는 시간을 가질 수 있었다. 세상은 따라가기 버거울 정도로 빠른 속도로 변화하고, 나도 나이를 먹어가고 있다. 나만의 세상 속에 갇혀 대화를 이어가기 싫어지는 사람이 되지는 말았으면 좋겠다고 생각하곤 했다. 누구와 대화하든 말이 잘 통하는 사람이 되고 싶다. 좋은 사람들과 생각을 나누고 성장할 수 있는 곳이 없을까 하는 마음으로 소모임을 찾던 중 〈부산큰솔나비〉 독서 모임을 알게 되었다. 당시 주말이면 부산-세종을 오고 갔던 때라 토요일 오전 7시 모임 시간이 무엇보다 마음에 들었다. 주말 가족들에게 영향을 미치지 않는 이른 시간이기 때문이다. 책보다 드라마나 영화에 관심이 더 많고, 틈만 나면 핸드폰을 손에 쥐고 놓지 못하는 습관을 갖고 있었다. 책에서 얻을 수 있는 다양한 관점을 이해하고, 비판적 사고력을 높이고 싶었다. 단순한 나를 더 깊이 이해하고 앞으로 삶을 풍요롭게 만들기 위해 간절한 무언가 필요한 시기이기도 했다.

새벽 5시 알람이 울린다. '10분만, 5분만 그냥 잘까?', '힘들게 내가 왜 이런 고생을 하지?', '책도 다 못 읽었는데, 가지 말까?' 독서 토론이 있는 토요일 아침은 좀 더 침대에 머무르며 여유롭게 시간을 보낼 수 있는 달콤한 순간의 유혹에서 벗어나는 것은 쉽지 않다. 일단 집을 나서기만 하면 된다. 게으른 나를 이겨내고 지하철로 향하고 있는 나 자신이 기특하다. 30분 정도 소요되는 지하철 속에서 지난 2주간 나눌 감사 나눔을 생각하게 된다. 사실 〈부산큰솔나비〉 독서 모임을 알게 되고 참석할 수 있는 지금, 이 순간이 감사함이다. 참석만 하기도 힘든 시간에 모임 준비를 위해 플래카드, 영상 준비, 이름표, 간식, 책상 배치 등을 준비하시는 분들의 수고에 또 한 번 감사하다. 하얀 셔츠에 빨간 나비넥타이를 하고 사회를 보시는 회장님이 눈에 띈다. 구수한 사투리와 환하게 웃는 모습에서 편안함이 느껴진다. 배정받은 조에서 좋았던 문구와 생각을 나누는 중에 핵심만 쏙쏙 뽑아서 전체적인 내용을 논리적으로 얘기하는 선배들의 내공이 놀랍다. "선배처럼 책을 읽으려면 어떻게 해야 하나요?" 책에 줄이 잔뜩 그어져 있는 같은 조 옆자리에 앉은 선배에게 책을 잘 읽어보고 싶은 마음에 이것저것 물어봤다. 선배님은 삶을 포기할 생각까지 했었는데 책을 통해 제2의 인생을 설계하고 있다는 말과 함께 《본깨적》 책을 추천해 주셨다 그날 바로 온라인 쇼핑몰에서 구매 요청을 하고 읽기 시작했다. 책 읽기란 저자의 핵심을 제대로 파악하고, 그 뜻을 나의 언어로 재생산하고, 내 삶에 적용하고 실천하는 것이라는 내용을 담고 있었다. 책을 읽는데도 삶에 변화가 없는 것은 책을 제대로 읽지 못했거나 읽는 것만으로 끝냈기 때문이라고 한다. 평소 내가 읽는 책 읽기는 시작부터 끝까지 읽어야 한다는 강박관념을 가지고 있었던 것 같다. 어려운 책을 처음부터 읽어 내려가다 핵심 부분에 도달하기도 전에 포기했던 책들이 많았고, 책을 통해 깨닫고 삶에 적용하는 부분은 전혀 생각지도 못한 채 읽어 나가고 있었다.

본부는 다급하게 자료 요청이 오면 한 장짜리 보고서를 최대한 빠른 시간에 작성하여 보고 체계를 거쳐 최종 보고서를 작성해야 하는 일이 많다. 윗분들이 한눈에 파악할 수 있도록 많은 자료 속에서 중요한 내용을 핵심만 간추려 요약하는 한 장 보고서를 만들고 자세한 설명자료는 붙임이나 참고 자료로 붙여 넣기 한다. 다급하게 보고해야 할 일이 생겼을 때 핵심을 찾지 못하고 우왕좌왕하다 시간을 보내면 큰 낭패를 본다. 내가 가지고 있는 자료만으로 부족할 때가 있다. 필요한 자료가 없으면 소속기관이나 관련 담당자를 통해 자료를 요청하고 취합하여 작성해야 할 경우도 있으므로 정해진 시간에 정확하고 신뢰성 있는 보고서를 만들기 위한 순발력이 필요하다. 본. 깨. 적에서 배운 대로 중요한 내용이 나오면 책 모퉁이에 귀접기를 하고, 밑줄을 긋고, 생각나는 것들을 한쪽 구석에 기록하는 습관을 조금씩 훈련하다 보니 다양한 책 속에서 핵심 내용을 찾아 줄을 긋고 중요한 내용을 분류하는 방법을 업무에도 적용할 수 있게 되었다. 업무별로 자료를 분류해서 저장하고, 보고서 작성 시 분류해 둔 자료를 활용하는 데 많은 시간을 단축하는 효과를 얻을 수 있었다. 책 속의 주인공이 되어보면서 나만의 세계에서 벗어나 다른 사람의 삶을 간접 경험하는 것으로도 폭넓은 사고와 생각의 변화를 가져올 수 있다. 〈논어〉에 나오는 '왕

　　　　　　　　　　　　　　　　　독서, 큰솥처럼

자불가간내자유가추(往者不可諫來者猶可追)'은 지나간 일은 고칠 수 없으나 앞으로의 일은 다시 후회하는 일이 없도록 잘 알아서 하여야 한다는 뜻이다. 살아오면서 크고 작은 문제와 고비를 넘기며 살아왔다. 내가 잘하는 것보다는 나의 약점에 집중하며 보완하려고 노력하며 살았다. 지금까지 지내오면서 선택의 잘못으로 경험한 실패와 잘못된 방향을 알아차리고 전환하며 겪어왔던 어려운 일과 성취감, 보람 등이 나를 여기까지 있게 해준 소중한 시간이다. 지나고 생각해 보면 후회가 남는 일도 많다. 하지만, 나의 경험과 다른 사람들의 다양한 경험을 자양분 삼아 끊임없이 삶에 중요한 판단이 필요할 때 질문을 던져 생각하는 힘을 키워나갈 수 있는 것은 독서의 힘이다. 책 안에서 겪는 수많은 간접 경험을 내 삶에 적용하면서, 내면세계는 확장되고 자연스럽게 생각과 삶에 깊이 있는 변화를 몰고 오게 될 것이기 때문이다.

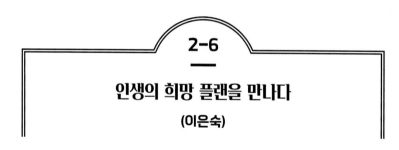
〈부산큰솔나비〉 독서 모임에서 공저 2기를 모집한다고 한다. 1
기 선배들의 적극적인 추천사를 들었을 때 내가 2기에 참여하게
될 줄은 몰랐다. '내가 책을 쓴다고?' 지금 생각해도 입가에 미소가
머무른다. 책을 쓰겠다고 생각하고, 책상 앞에 앉았다. 한 줄도 쓰
지 못한 날이 더 많다. 왜 쓴다고 한 걸까? 지난날의 나에게 말도
안 되는 원망도 해 보았다. 살아가면서 뜻대로 되는 일이 얼마나
될까? 그렇게 생각해 보면 못 할 것도 없지 않은가? 작년 〈부산큰
솔나비〉 독서 모임에서 많이 외쳤던 문장이다. 그런 생각을 하며
나를 다독여 본다.

글을 쓰기 시작하면서 메모가 얼마나 중요했던가 반성했다. 책
을 먼저 출간한 선배들의 조언 중에 하루에 한 줄만이라고 써보기
를 추천한 걸 들었다. 나도 해보려고 노력했지만, 생각보다 한 줄
적기도 어려웠다. 책을 먼저 낸 선배들의 조언이 이렇게 뼈저리게

와닿을지 글을 쓰기 전엔 몰랐다. 과제 마감을 끝내야 하는 대학생처럼, 노래방에서 1분 남았을 때 마지막 한 곡을 최선을 다해 고를 때 똥줄이 탔던 것처럼 억지 글을 써 내려간다. 고객 상담을 앞두고 커피숍에 앉아 급히 몇 자 적어본다. 이렇게 적는 것이 맞는 것인가 고민하지만, 이런 고민조차도 지금은 사치다. 공저 2기에 피해가 되지 않기 위해서는 마감 일정은 지켜야 한다는 부담감에 나중에는 후회할지도 모르는 글을 써 내려가 본다.

평소 나는 일과를 마치면 항상 핸드폰에 OTT를 틀어 놓는다. 아니 일과를 마치기 전에도 수시로 핸드폰을 보는 것 같다. 잠깐 찰나에도 핸드폰을 손에서 놓지 않았다. 요즘은 굳이 TV를 잘 보지 않는다. 비단 나만 그런 건 아닌가 보다. 친구들의 대부분도 핸드폰으로 많은 것들을 한다고 한다. 핸드폰으로 모든 게 가능하다 보니 그게 습관이 된 듯하다. 편하게 볼 수 있는 것들이 생기면서 생략되는 것들도 많아졌다. 화장실을 갈 때도 손에 휴대전화를 찾는 경우가 많다. 그러던 내가 억지 책 읽기를 시작하면서 조금씩 변화가 생기기 시작했다.

〈부산큰솔나비〉 독서 모임을 만나면서 모임을 참가하기 위해서는 매월 2권의 책을 읽어야 했다. 처음에는 읽지 않던 책을 읽어야 한다는 부담감이 컸다. 하지만 책 전체를 읽지 않아도 되고, 가장 읽고 싶은 부분만 읽어도 된다는 회장님의 말씀에 용기를 가지고 조금씩 읽었다. 책을 읽는 것에 대한 부담감도 많이 없어졌다. 이제 책상 위에 읽어야 할 책과 읽고 싶은 책, 일과 관련된 책이 놓여 있다. 침대 밑에도 항상 책이 있다. 언제든지 조금씩 읽고 있다. 나에게는 아주 큰 변화이다.

〈부산큰솔나비〉 독서 모임을 시작한 지도 1년이 다 되어 간다. 1년에 한 권의 책도 잘 보지 않았던 나에게 한 달에 두세 권의 책을 읽는 노력을 한다. 물론 모임을 통해 '억지 책보기'가 되돌이표가 되듯 쉽게, 이전의 핸드폰을 보던 일상으로 돌아갈 때도 있다. 좋은 습관을 내 것으로 만들기 쉽지 않았는데, 나쁜 습관은 어찌 이리 쉽게 다시 돌아갈까? 모임에서 선배들의 모습을 부러워하면서 정작 일상생활에서는 핸드폰을 들고 잠들어 버리는 일상에 자고 일어나면 또 후회가 밀려온다. 하지만 나는 나를 믿는다. 되고 싶은 모습을 상상하며, 오늘도 하루 몇 장의 책장을 넘긴다.

새벽 5시. 책을 써보기로 다짐하고, 따뜻한 물 한 잔을 들고 컴퓨터를 켜본다. 평소 시간을 내기 힘들다는 핑계로 새벽 5시에 기상해서 출근 전 몇 자 적어보기로 한다. 내 얘기를 얼마나 잘 표현

독서, 큰솔처럼

할 수 있을까? 누가 읽어주는 사람이 있기는 할까? 수만 가지 생각이 머리를 스치지만 그래도 몇 자 적어보기로 나를 또 다독인다. 아침 출근 준비를 모두 마치고 글을 쓰기 위해 책상 앞에 앉아 있는 나 자신이 대견해 보인다.

새벽 5시의 풍경이 좋다. 5월 새벽 5시의 공기가 좋다. 창문을 열면 아직 선선한 새벽 공기. 초록빛 아파트 앞마당이 한눈에 들어오는 창가, 새소리도 마음에 든다. 책을 쓰겠다고 다짐한 나에게 세상이 주는 선물이다. 그동안 매일 받을 수 있었던 선물을 놓치고 있었다니 그동안 놓쳤던 시간이 아쉽고, 억울하다. 2023년 목표 중 책 읽기가 있었는데, 2024년 올해는 글 쓰기이다. 출근 준비전 책 읽기에서 글쓰기로 목표가 점점 높아지는 것이 마음에 든다. 책 읽기의 마지막을 글쓰기로 배출해야 한다는 〈부산큰솔나비〉 독서 모임 정인구 회장의 말을 따라 해 본다.

내 인생에서 나는 행복의 가치를 어디에 둘 것인가? 돈이 많다고 해서 과연 행복할까? 공부를 잘한다고 해서 행복할까? 물론 개인마다 차이가 있을 것이다. 내가 생각하는 행복의 가치는 어디에 있는가? 요즘 자주 생각해 본다. 나에 대해 제대로 알면 삶이 조금 더 편해진다. 학교에 다니면서 누가 알려준 건 아니지만 많은 부분이 경쟁해야 했다. 학교도 회사도 마찬가지였다. 누군가 나보다 잘하면 어떻게 하면 내가 더 잘할 수 있을지 고민했다. 어느 날 알게 되었다. 불행은 진짜 불행해서가 아니라 내가 다른 사람과 비교하면서부터였다. 선택에 후회하지 않는 것이 가장 좋지만, 쉬운 일이 아니다. 하지만 선택에 미련을 갖지는 않으려고 한다. 미련이 생기게 되면 앞으로 나가기 어려웠다. 드라마 제목은 생각나지 않지만, 어떤 드라마에서의 대사였던 것 같다. '작은 일에 5초씩 행복하다고 생각하면 5초가 모여서 5분이 되고, 그 5분으로 또 살아가게 된다.'라고. 살면서 후회하는 삶을 살고 싶은 사람은 없을 것이다. 나에게 글쓰기는 하루 행복에 5초를 더해주기를 기대하게 한다.

책을 읽는 재미를 조금씩 알아가면서 내 인생의 플랜에 책이 함께 하고 있다. 책을 읽는 것과 동시에 글을 쓰는 것도 함께 할 수 있어 감사하다. 나의 글을 쓴다는 것이 쉽진 않겠지만 인생의 희망 플랜에 앞으로 취미 생활에 책 읽기와 글쓰기를 적을 수 있다는 것이 좋다. 앞으로 나에게 어떤 책 읽기가 될지 글쓰기가 될지 모르겠다. 하지만 인생을 함께 가게 될 책 읽기, 글쓰기로 새로운 인생 플랜을 세워보려 한다. 이제는 나의 플랜을 함께 할 또 다른 동료를 찾아 전파하는 행복한 플랜을 세워볼까?

책은 나를 찾아가는 여정

(전미경)

책을 많이 읽고 해박한 지식을 가진 사람들을 동경하던 우리 부부의 신혼집 거실에는 큰 책장과 책상이 놓이고, TV는 특별한 날이 아니면 켜지 않는다는 것이 불문율이 되었다. 신혼의 야무진 계획은 다행히 작심삼일로 끝나지 않았다. 이 뜻을 지킬 수 있었던 가장 큰 공로가 우리 부부의 부단한 애씀과 노력, 내지는 원래 책 읽기를 즐겨하는 사람들이라 생각한다면 오산이다. 그것은 환경이다. 책을 읽을 수밖에 없는 환경을 만드는 것이다. 물론 환경을 만들겠다는 의지가 있어야 하고, 그를 위한 노력 정도는 반드시 필요하다. 그랬더니 지금은 책에 대한 부담감이 자유가 되고, 다른 오락 거리가 필요 없을 정도의 즐거움이 되었다.

우선 책은 나를 자유롭게 했다. 책이 자유를 준다고? 언뜻 이해되지 않을 수도 있겠다. 사춘기 무렵부터였던 것 같다. 나는 문득문득 의문을 품곤 했다. '나는 누굴까? 나는 어디에서 왔을까? 그리고 어디로 가는 걸까? 나는 왜 태어났고, 왜 살아야 하는가? 살아야 한다면 어떻게 살아야 하는가?' 중고등학생 때부터 나의 존재에 대한 근원적인 질문에 답을 얻을 수 없다는 것이 답답했다. 아물론 늘 이런 생각을 하는 것은 아니다. 뭔가 일이 뜻대로 잘 풀리지 않을 때 도피처럼 자주 이런 생각에 빠져든다는 것이 문제다. 성인이 된다고 절로 해결되는 문제도 아니다. 대학을 졸업하고, 경제 활동을 하다 결혼했다. 남편이 있고, 아이가 생기고, 아내가 되고 엄마가 된다고 해서 자연스레 이런 의문이 풀리거나 알게 되는 것도 아니었다. 누군가는 하루하루 살기도 바쁜데 무슨 그런 생각을 하느냐고 할지도 모르겠다. 그렇게 내면세계에 대한 번뇌를 이해 못하는 사람도 이해가 된다. 최근 사주 명리학을 공부해 보니 특별히 종교나 철학 같은 정신세계에 관심이 많은 팔자가 따로 있긴 했으니 말이다.

어쨌든 내가 40년 가까운 세월 동안 고민해 왔던 질문에 대한 답이 이미 책에 다 나와 있었다. 내가 간절히 찾고 구하지 않아서 몰랐을 뿐이다. 혼자서라면 도저히 읽어내지 못했을 책들이 그 답 안지였다. (독서 멤버들과 함께 읽음) 예를 들면 《총 균 쇠》, 《종의 기원》, 《이기적인 유전자》, 《코스모스》, 《나는 왜 너가 아니고 나인가》 같은 책들 말이다. 이 책들을 통해 내가 내린 결론은 이렇다. 인간은, 나란 존재는 먼지처럼 별거 아닌 존재다. 자연법칙에 따라 수많은 생명의 탄생과 죽음이 반복되는 과정에서 나란 생명이 주어졌을 뿐이다. 특별히 신의 큰 뜻이 있어서 태어난 존재가 아니라는 것이다. 그렇게 생명이 주어졌기에 그 생명을 잘 살아내고 때가되어 다시 자연으로 잘 돌아가면 그만이다. 그러니 지금, 여기서행복하게 사는 것이 최선이다. 심플하지 않은가. 지금 여기에서 행복하게! Be happy right now! 이 간단한 답을 얻기 위해 그렇게헤매었던가 싶다. 누군가는 별다른 고민 없이 바로 알아차리는 것을. 나란 사람은 이런저런 풍파와 고뇌를 거치고, 관련 책까지 읽고 난 후에야 겨우 받아들이게 된다.

그렇게 자유를 얻고 나니 세상 마음이 가벼워진다. 나는 왜 저친구처럼 이쁘지 않을까? 왜 나는, 우리 부모님은 부자가 아닐까?왜 엄마, 아버지는 매일 싸우실까? 왜 나는 누구처럼 공부를 빼어나게 잘하지 못할까? 왜 노래를 잘 부르지 못할까? 한때의 이런 고민이 의미도 가치도 없어진다. 나는 그냥 지금의 내 모습으로 존재할 뿐이다. 얼굴은 네모나고, 손은 농부의 손처럼 우악스럽게 생겼고, 몸치에다 음치다. 그러나 뭔가를 공부하면 어느 정도는 해낼 수있다는 자신감이 있고, 수나 논리를 가지고 노는 것을 좋아하고,감정 기복이 크지 않고, 조용한 것을 좋아한다. 지금은 책 읽기, 글쓰기를 좋아하는 사람. 이런 사람이 나다. 이런 나로 살면 된다.

현재는 행복한 미래를 위한 희생의 대상이 아닐진대 악쓰고 용쓰며 살아왔다. 그렇게 하면 뭔가 큰 것을 이루고 인생의 답을 찾아 참 잘 살았노라 말할 수 있을 줄 알았다. 우리는 이 순간, 지금 현재를 살아야 하는데 말이다. 막연히 기대하는 행복한 미래도 언젠가는 현재가 된다. 희생만 하는 현재를 살다가 불현듯 다가온 그 미래를 맞닥뜨리게 되면 얼마나 낯설겠는가. 영원한 미래는 없다. 우리는 유한한 존재고, 결국 끝이 있다. 순간순간의 합이 모인 유한한 시간을 사는 나는 매 순간 행복할 권리가 있다.

그 권리를 만끽하는 삶이 최고다. 책이 나에게 알려준 진리다. 진작 알았더라면 하루하루 행복한 나날이 더 많았을 것이다. 지금이라도 늦다고 할 수는 없다. 길면 50년도 남았다. 노인이 겪는 4가지 고통 빈고, 병고, 고독고, 무위고 중에 적어도 두 가지는 걱정 없다. 독서에 즐거움을 아는 사람이라면 고독고와 무위고는 없으리라. 게다가 독서의 즐거움을 위해 꼭 부자가 되어야 할 필요도 없다. 작은 공간이라도 방해받지 않을 정도면 족하다. 지금처럼 음악이 흐르는 카페 한 귀퉁이 테이블에 앉아 있어도 생각은 우주를 누빈다. 또 운동할 때처럼 완벽한 건강이 필요한 것도 아니다. 누군가는 밖에서 뛰어놀 정도의 건강이 되지 못해서 책을 많이 읽게 되었다고 한다.

책을 읽고 얻은 자유는 다른 사람의 어설픈 논리에 쉽게 휩쓸리지 않을 힘이 생겼다는 것이다. 상대의 모순이 보인다. 나의 주관이 뚜렷해진다. 상대의 논리에 의문을 제시하고, 질문하게 된다.

독서, 큰솥처럼

즉 비판적 사고력이 생긴다. 합리적인 논리가 뒷받침되어야 납득이 되고, 행동이 가능한 나 같은 사람을 만난다면 감성에 대한 호소나 강요, 설득이 아닌 과학적인 설명이 가능하다.

책은 역사에 문외한인 내가 세상에 대한 눈을 뜨게 해주고, 사람에 대한 이해의 폭도 넓혀준다. 세상이 돌아가는 이치를 깨닫기 위해 역사 지식만큼 중요한 것도 없어 보인다. 학창 시절 그렇게 지루하기만 했던 역사 과목에 흥미를 느끼게 될 줄이야. 동서양의 역사를 배경으로 하는 소설이나 관련 책을 구글 지도를 찾아가며 읽다 보면 새록새록 재미가 더한다.

무엇보다 참 뿌듯한 것은 하나밖에 없는 딸에게 힘주어 말할 수 있게 되었다는 것이다. 인생길에 방황하거나 헤매는 날이면 책에서 답을 구하라고 말이다. 누군가 책에서 답을 찾아보라고 하더라는 것이 아니라 책이 답안지라고 강력하게 말할 수 있다. '당신이 찾는 모든 물건은 이미 세상에 다 나와 있다.'라고 했듯이 '딸아, 네가 구하는 모든 질문에 대한 답은 99% 책에 있고, 나머지 1%는 스스로 만들어 가는 거란다.'라고 말하겠다.

마지막으로 책을 읽으면서 계속 인풋을 하다 보면 언젠가 아웃풋을 하고 싶을 때가 생긴다. 말하는 것도 글 쓰는 것도 그렇게 자신 없고 부담스러웠던 내가 지금은 말하고 싶고, 글을 쓰고 싶다. 지금처럼 자판을 두드리는 느낌도 참 좋다. 글을 잘 쓰고 싶다가 아니라 그냥 쓰고 싶다. 내뱉고 싶다. 결과야 앙증맞은 아기의 모습이 될지, 성숙한 숙녀의 모습이 될지, 원숙한 노년의 모습이 될지 알 수 없지만 중요치 않다. 배설의 욕구가 생긴다는 것이 좋을 뿐이다. 이것이 더 확장되면 창조의 기쁨까지 누리게 되지 않을까?

이생망! 이번 생은 폭망이 아니라 누구라도 부러워하는 부와 권력, 명예는 갖지 못했어도 책을 통한 앎에 대한 즐거움으로 살아가도 좋겠다. 이런 취미를 습관으로 들이지 않았다면 외롭다고, 무료하다고 한탄하며 살 뻔하지 않았는가. 얼마나 책을 읽어야 수천 년의 세월 동안 각 분야의 거장들이 쌓아 올린 지의 상아탑을 백만분의 일이라도 이해할 수 있을까? 몇 번의 생을 다시 태어나야 할까?

노안으로 안경은 멋 내기처럼 앞머리에 씌우고 코를 책에 박은 채 읽기도 하지만 한 줄 한 줄 읽어 내려가는 즐거움을 알게 되어 기쁘다. 그와 함께 다시 안경을 고쳐 쓰고 자판을 두드리는 소리가 정겹다. 때론 사각사각 펜으로 쓰는 글쓰기도 좋다. 이 기쁨을 더 많은 분이 알았으면 참 좋으련만.

2-8

책과의 인연, 성취와 시도의 연속
(전세병)

지나간 시간 동안 독서를 할 수 있게 해준 '책'은 사막 한가운데 오아시스 같은 존재였다. 그전까진 무엇을 하고 싶은지, 해야 할지, 할 수 있을지 모르는, 무기력하고 사막같이 메마른 삶을 살았다. 사막 같은 척박한 생활이 이골이 날 정도였다. 사막에서 죽으란 법은 없는지 내게는 빛줄기가 내렸다. '부산큰솔나비'란 오아시스를 만난 덕분에 멈춰있던 내 삶의 톱니바퀴가 다시 돌아가는 느낌이었다. 규칙적으로 독서 모임을 참여하기 위해 자의 반, 타의 반으로 책을 읽게 되었다. 덕분에 독서 모임에 나가서 보석 같은 선배들을 만나게 되었다. 선배들의 생각을 듣다 보면 내 생각만이 정답이 아니라는 것을 깨닫는다. 저렇게도 생각할 수 있다는 것을 느끼게 하며 내 견문을 조금씩 넓히는 시간이었다.

사회복무요원으로 근무하던 초기, 독서 모임에 나간 지 얼마 되지 않았을 때였다. 집에서 근무지인 부산대 도서관까지 한 시간 삼

2장. 책과의 첫 만남, 새로운 세계   95

십 분 가깝게 걸린다. 그 시간 동안 할 게 없다 보니 매우 길고 지치게 느껴졌었다. 하지만 독서 모임을 하면서 책 읽는 즐거움을 느끼기 시작했다. 내 생각을 누군가와 공유한다는 사실에 즐거워졌다. 선배들과 생각을 공유하기 위해 지하철에서 책을 읽기 시작했다. 그즈음엔 도서관에 근무하고 있다는 것이 행복이라고 생각이 들 정도였다. 마음 편히 책을 빌릴 수 있고 관련 있거나 관심 있는 것들을 생각날 때마다 열람할 수 있는 점이 너무 편했다. 생활에서 마주하는 것에 대해 시야가 긍정적으로 바뀌니 모든 게 좋아 보였다.

독서 모임을 하면서 도움이 됐던 것이 많았다. 몇 가지를 뽑자면 데일 카네기 책을 다시 읽게 되었을 때였다. 예전에 학창 시절 때 데일 카네기 코스라는 자기 계발 과정을 두 번 정도 수료했을 때가 있었다. 그 교육을 듣기 전 난 소심한 성격이었다. 교육을 듣고 난 뒤엔 하지 못했던 것들을 시도해 볼 수 있는 용기가 생겼다. 그런 기억을 잊고 지냈었는데 독서 모임 때 우연히 데일 카네기 책을 읽게 되었다. 읽고 나니 뭔가를 보이는 성과를 이뤄내고 싶다는 마음이 다시금 고개를 들었다. 그래서 처음으로 선배들과 같이 공저라는 취지로 책을 써보기로 했다. 당시 나의 심정은 '잘할 수 있을까? 일기 쓰는 것도 아니고 책을 내는 건데?'라는 부담감에 글을

독서, 큰솥처럼

써볼 생각은 하지도 못했다. 이내 마음을 고쳐먹었다. '나 이래 봬도 부산큰솔나비 독서 모임 회원이야.'하는 생각을 하니 용기가 생겼다. '그래, 해 보자. 누가 뭐라 하겠어? 글 쓰는 일에 집중하자. 우선 이걸 해내는 거 먼저.'라는 마음을 먹고 생각이 흘러가는 대로 키보드를 두드렸다. 주변 의식은 뒷전으로 미뤘다. 잘 쓰는지 못 쓰는지는 중요하지 않았다. 프로 작가가 아니기에 다시 본다 한들 우열을 가리거나 수정할 수 없다고 생각했다. 잘하는 사람만 무언가를 해내는 게 아니었다. 해내고자 하는 의지를 가진 사람에게 자격은 충분하다는 생각으로 거침없이 글을 이어갔다. 책을 썼다는 사실 자체가 대견했기에 자신감마저 붙었다. 동시에 든 감정은 선배들에 대한 고마움이었다. 내가 독서 모임에 다니지 않았다면, 선배들을 알지 못했다면, 과연 스스로 혼자 끝까지 할 수 있었겠나 싶었다. 마라톤할 때 페이스메이커가 같이 달리듯이 끝까지 해주신 선배님이 있어서 든든했다. 같은 목표를 보고 끝까지 공저를 같이 써 준 선배들에 대한 존경심이 먼저 들었다. 게다가 공저를 같이 쓰지 않아도 응원해 주고 첨삭해 주시던 선배들이 있었기에 아름다운 결과물이 나왔다. 지금에서도 다시 감사함을 표하고 싶다.

최근에 성취해낸 것 중 '운전면허 취득'이 큰 성과였다. 누구에겐 운전면허가 사소하고 별거 아니라는 생각이 들 거다. 앞서 말했듯이 난 아킬레스건이 좋지 않았다. 수술했지만 발목을 젖히는 건 물론이고 다리를 쓰는 행위들이 마음처럼 자유롭지 않았다. 그래서 2년 전에 어머니와 같이 재활 겸 운동을 시작하자는 의미로 재활센터에 다니기 시작했다. 그렇게 가게 된 곳이 더바른교정재활센터였다. 어머니 지인의 추천으로 가게 되었다. 그런데 재활센터의 장소가 해운대 쪽이었다. 집에서 가는 데만 대중교통으로 1시간 30분 정도가 걸린다. 처음에는 거리도 먼 데다 운동을 몇 년 만에 해서 할 때마다 숨이 넘어갈 느낌이었다. 그럴 때마다 그만하고 싶다는 생각이 절로 났다. 하지만 하다 보면 결과가 있을 것이고 언젠간 노력은 돌아올 거라는 생각으로 계속했다. 운동을 하다가 가끔 경직 증상이 나타날 때면 계속 해야 하는 건지 포기해야 하는 건지 두려움이 몰려오면서 오만가지 상념들이 몰려왔다. 그럼에도 할 수 있는 데까지 해보자는 마음으로 몇 달을 참았다. 인고의 시간이 지나니 몇 달 후에 내 몸에 변화가 있다는 걸 스스로 느끼게 되었다. 운동하는 강도도 처음 방문했을 때 하던 강도로 하면 힘들지 않았다. 수행 능력도 좋아지다 보니 운동하는 재미도 느끼게 되었다.

그렇게 운동을 한 지 1년이 넘어가던 때였다. 다리 때문에 미뤄놓았던 운전면허 시험을 시도해 봐도 되겠다는 생각이 들었다. 학원장 내에서 기능 수업을 들을 땐 감을 찾는 데 시간이 걸렸었다. 하면서 스트레스와 중압감이 크게 왔었다. 하지만 배우려는 자에겐 보답이 있기 나름이었다. 기능시험도 한 번에 따고 도로 주행도 한 번에 해냈다. 운전 연습학원을 등록하고 따기까지 한 달 정도의 짧은 시간이었지만 성취감이 매우 컸던 거 같다. 운동을 해서 내 몸이 나아진 것도 보람찼다. 더 나아가 운동을 했기에 운전면허도 취득할 수 있었다는 생각이 들었다. 다시 한번 운동을 시작하기 잘했다고 생각했다. 이 모든 나의 성취했던 순간들이 독서가 없었더라면 시도할 엄두조차 못 냈을 것이다. 독서함으로써 내가 무엇이든 할 수 있다는 원동력이 생겼다. 힘들거나 무언가를 포기하고 싶을 때마다 이겨내고 해낼 수 있었던 활력과 에너지는 독서 덕분이었다. '책 안에는 삶의 지혜가 들어있다.' 정말 단순하고 진부한 말이지 않은가. 하지만 난 그게 진리라고 느낀다. 일상을 보낼 때 책에 느낀 것들을 몸에 되새기기 위해 몸으로 실천하자. 책은 읽기만 하면 텍스트일 뿐이다. 그것을 생활에 녹여내는 순간 자신에겐 정말 크게 와닿는 '지혜' 그 자체가 될 것이다.

첫 만남, 새로운 세계
(조은경)

  〈부산큰솔나비〉 독서포럼에 참여하면서 다양한 사람과의 대화를 통해 새로운 시각을 얻고, 내 생각을 더욱 깊이 있게 발전시킬 수 있었다. 서로 다른 배경과 경험을 가진 사람들과의 토론은 나에게 큰 자극이 되었고 책의 내용을 더 잘 이해하는 데 도움이 되었다. 나는 큰솔나비 독서 문화의 세계로 빠져들고 있었다. 이곳에서 하는 독서 문화를 소개한다.

  먼저, 감사 습관이다. 독서포럼에 처음 갔던 날이다. 테이블 5명이 한 조가 되었다. 한 명씩 돌아가면서 2주간 감사했던 일을 말하라고 했다. 머리가 갑자기 복잡해졌다. 머리를 뒤로 돌려 생각했다. 드디어 내 차례가 왔다. 4명이 이구동성으로 "조은경! 조은경! 조은경! 힘!"이라고 복창했다. 어색했지만 기분이 좋았다. 결혼 후 내 이름 석 자를 누군가 이렇게 많이 불러 준 것은 처음이었다. 무슨 감사를 했는지 기억은 나지 않지만 짧은 시간 동안 감사 거리를 찾는 소중한 경험을 했다는 것이다. 그동안 내가 얼마나 감사 마음을 잊고 살았는지를 생각하는 시간이 되었다.

두 번째 토론 규칙이었다. 규칙은 토론할 때 회원끼리 지켜야 할 규칙이다. 독서 모임 시작 전 빔프로젝터에 독서 토론 규칙을 보여주고 모두 복창하게 했다.

"비방 안 하기, 설득 안 하기, 논쟁 안 하기"

독서 토론할 때 규칙은 지키기 위해 노력했다. 논쟁에서 승리하기 위해 비방도 어쩔 수 없는 기술이라고, 치열한 경쟁 사회에서 뼈저리게 배운 나이다. 하지만 뾰족한 얼음이 녹아 물이 되는 느낌을 받았다. 나의 의견을 이야기하는 것도 중요하지만 상대방의 이야기를 듣고 배워서 내 것으로 만드는 경우가 성장에 더 도움이 되었다. 성장에 도움이 되는 듣기는 상대방의 이야기를 집중해서 잘 듣는 것이다. 그것을 바탕으로 대안을 제시하고 각종 문제를 선택하고 해결한다. 독서 토론을 통해 경청이 중요하다는 것을 다시금 생각하게 되면서 아버지 생각이 났다. 아버지는 사회생활을 할 때 상대방이 말할 때 몸을 기울여 상대방 말에 귀를 기울였다고 한다. 우리에게 물려 준 마지막 말이 '경청'이었다. 리더의 덕목으로 "남의 말에 귀를 기울일 줄 아는 태도"를 항상 강조하셨던 분이셨다.

세 번째, 조별 토론 시간.

〈부산큰솔나비〉 독서 포럼 회원은 5년 이상 꾸준히 다닌 사람이 많았다. 어릴 때부터 책을 가까이해서 책에 대한 깊이가 있는 사람도 있고 그렇지 않은 사람도 있었다. 직업, 나이, 학력, 자라온 환경 등 다양했다. 각자 경험과 시각으로 같은 내용의 책을 다르게 해석했다. 나도 스물의 나이를 두 번이나 넘긴 살 만큼 산 사람이라 생각했다. 내가 생각하는 것이 무조건 옳다고 생각한 것이 서서히 무너지기 시작했다.

독서 토론은 단순히 지식을 나누는 것이 아니라 서로의 생각을 존중하고 새로운 관점을 발견하는 과정이다. 이러한 경험은 나의 독서 생활을 더욱 풍요롭게 만들어 주었다. 책을 통해 다양한 이야기를 나누고, 서로의 생각을 공유하는 것은 정말 소중한 경험이었다. 토론 중 책과 내 생각을 나누고 나니 속이 후련해졌다. 갑갑했던 마음이 뻥 뚫리는 기분도 들었다. 나만 힘들게 사는 게 아니고 다른 사람도 힘들게 살고 있다는 것을 토론 과정에서 알게 되었다.

네 번째 전체 토론, 원포인트다.

전체 토론은 조별로 토론한 내용을 조별 대표가 나와서 발표하는 시간이다. 우리 조에서 나누지 못한 다양한 내용을 들을 수 있었다. 원포인트는 책 전체 내용을 소개하는 시간이다. 책 전체 내용을 요약하여 다시 한번 정리할 수 있어 좋았다. 책 읽는 것뿐 아니라 말하는 능력, 요약하는 능력, 강의하는 능력도 키울 수 있는 시간이었다.

다섯 번째, 10분 세바시 시간.

자신을 좀 더 깊게 소개하는 시간이다. 세상을 바꾸는 시간 15분을 벤치마킹하여 10분으로 줄였다. 처음 독서 모임에 와서 적응하지 못하고 서먹서먹한 상태에서 이 시간을 통해 회원들에게 나를 알릴 수 있는 귀한 시간이다.

독서 모임은 나에게 새로운 세계를 열어주었다. 모임에 참여하고 책을 읽으면서 내가 제일 많이 얻은 것이 마음의 평화다. 신기하게도 책을 읽는 시간이 쌓일수록 마음이 더 편안해지고, 부정적인 감정이 사라지는 것을 경험했다. 책을 읽는 동안 몰입할 수 있었고 나를 위로해 주는 친구처럼 느껴졌다.

평소 책을 잘 읽지 않는 친구와 함께 도서관에 간 적이 있다. 쉬운 책부터 같이 한번 읽어 보자고 말했다. 육아 중인 엄마라서 그런지 자녀 교육에 관한 책을 골랐다. 마주 보며 책을 읽기 시작했다. 학창 시절부터 까불이로 유명한 친구가 집중해서 책을 읽는 모습을 한참 지켜봤다. 옛 추억이 떠올라 입꼬리가 올라갔다. 그날은 까불이 친구와 새 친구(책)와 동행하는 미래의 삶을 그려 보는 하루가 되었다.

부산큰솔나비
나로부터 비롯되는 선한영향력

3장

독서,
이렇게 시작하라

살아있는 책을 만나는 곳 부산큰솔나비

(강준이)

"남의 책을 읽는 데 시간을 보내라. 남이 고생한 것에 의해 쉽게 자신을 개선할 수 있다." 소크라테스의 말처럼 책의 도움으로 지금까지 나를 개선하면서 성장했다. 충청도 칠갑산 두메산골에서 자란 내가 1970년대 말에 부산에 왔다. 중학교를 갓 졸업한 어린 나이였다. 어느 작가의 표현처럼 졸업장의 잉크가 마르기도 전이었다. 두메산골 촌사람인 내게 부산은 어마어마했다. 학생 신분에서 사회인으로 첫발을 디디며 입사한 회사는 구서동에 있는 〈태광산업〉이다. 거기서 본 것들은 내 눈이 휘둥그레지다 못해 눈을 깜빡일 때마다 근육이 마비된 듯하였다. 입도 헤벌어진 것은 두말할 필요가 없다. 그런 까까머리 시골 소녀인 내게 도시와 회사에 적응할 수 있게 도와준 것은 서점의 책이었다. 서점에서 읽을 수 있는 책은 서서 공짜로 읽었다. 헌책방 골목을 갔다. 난생처음 대학 국어와 영어, 경제학 개론 등의 책이 헌책방에 쌓여 있어서 책 속을 펼쳐서 읽어보았다. '어라! 별로 어렵지 않네!' '나도 공부해서 꼭 대학을 가야지!' 서점에 가면 동기부여가 되곤 하였다. 보수동 헌책 가게의 책 벽에 숨어서 책을 보며 나는 공부의 길, 독서의 길로 발걸음을 시작하였다고 고백한다. 학력고사를 마치고 공부했던 참고서 등을 헌책방에 판 사람들이 고마웠다. 낙서가 많은 참고서는 거의 공짜로 얻을 수 있었다. 방송통신고등학교를 다니던 나는 헌 참고서에 낙서를 많이 한 책이 좋았다. 내가 모르는 것을 깨알같이 필기해 놓은 책은 내게 많은 도움이 되어 주었다.

직장과 공부를 병행하던 시기에 책은 내일을 밝히는 등불 같은 역할을 해주었다. 그렇게 등불 같은 책이 즐거운 친구로 자리 바꿈으로 된 곳은 〈부산큰솔나비〉 독서 모임이다. 2024년 7월 6일이면 7주년 기념행사를 맞이하게 된다. 이 멋진 기회를 준 것은 보수동 헌책방의 저렴한 책 덕분이다. 책의 글자를 따라 눈길을 주다 보면 나도 모르게 작가의 품에 기대어 이야기를 듣고 있다는 친숙함을 느꼈다. 힘든 타향에서 직장생활과 공부로 지치고 힘들 때 부모님은 충청도 칠갑산 자락의 논밭에서 일을 하시느라 향수병이라는 중병에 걸려 가쁜 숨을 쉬고 있는 내 상태를 눈치 못 챘다. 그러나 책의 저자는 내게 그의 품을 내어주었다. 내가 읽지만, 기실 저자가 내 마음을 읽어주고 있었다. 그렇게 친해진 책을 〈부산큰솔나비〉 독서 모임에서 절친이 되기에 좋은 환경을 만들어 주었다. 매달 첫째, 셋째 토요일 아침 7시에 모임을 시작하는 날에는 피곤하던 몸도 가뿐하게 일어나게 된다. 신기하게도 피곤이 없어진다. 독서 모임에서는 모두를 부르는 호칭이 '선배님'이다. 나이, 성별, 직업 등등이 평등해진다. 많은 장점을 가진 독서 모임에 한 권의 책을 읽고 가면 선배들의 이야기에 귀가 열린다. 책의 줄거리보다 선배들이 눈을 반짝이며 책에서 얻은 지혜와 적용 사례를 이야기하는 것에 푹 빠져든다. 책을 재미있게 읽고 간 날은 선배들의 이야기가 더 재미있다. 저절로 고개를 끄덕인다. 그러면서 의자를 선배님 곁으로 더 바싹 끌어당겨 앉아 듣고 싶어진다. 책 읽기 어렵다면 〈부산큰솔나비〉 독서 모임에 참여하면 된다고 추천하고 싶어진다. 주위에 있는 사람들에게 아까워서 말해주기 망설일 정도다. 좋은 것은 나만 갖고 싶은 심통이 발동할 때도 가끔 있는 것처럼.

소풍 가는 날, 여행가는 날이 기다려지는 것처럼 독서 모임 날이 기다려진다. 선배들의 이야기를 더 재미있게 듣기 위해서도 책은 내 마음을 송두리째 가져가는 경우가 있다. 이 문장을 선배들은 어떻게 자기화했을까? 하면서 내 생각을 다듬다 보면 책의 페이지가 끝을 향해 잘 넘어간다. 얼마 전에 몽골 여행을 다녀왔다. 척박한 나라의 환경을 마주하니 감탄과 한숨이 동시에 터져 나오는 곳이었다. 에메랄드빛 높은 하늘, 밤하늘의 별 아래 누워서 팔을 뻗으면 닿을 것 같은 별들, 초원에 한가로이 풀을 뜯고 있는 양 떼처럼 매력적인 책들이 손에 잡힐 때가 있다. 이런 책을 읽을 때는 마냥 행복하게 읽는다. 그렇지만 몽골의 한낮 뜨거운 태양은 잠시도 그냥 서 있을 수 없다. 초원의 동물 똥에 서식하는 곤충의 습격은 능력의 한계를 무참하게 무너트린다. 그리고 씻을 수 없는 물 사정은 또 좌절하게 했다. 이런 여행이 있듯 책도 능력 밖의 책처럼 어려운 책을 만날 때도 있다. 생활하면서 장애에 직면하면 가족, 친구, 상담자, 책을 찾는다. 선배들은 어려운 책을 어떻게 이해하며 읽었는지 궁금하기도 하며 어떤 때는 억지로 읽기도 한다. 그렇게 피하기보다 수용하고 읽으면 더 많은 지혜를 주고, 감사하는 마음을 갖게 해준다.

〈부산큰솔나비〉 독서 모임 선배들과 같이 하므로 어려운 책도 읽고, 토론 참여도 가능하다. 혼자 하면 어렵지만 같이 하면서 도움을 많이 받는다. 책은 내 삶의 가장 좋은 벗이기도 하고, 가장 어려운 사람이기도 하다. 만화책은 읽기 싫었던 적이 없다. 내가 읽은 어려운 책을 만화책 같은 책으로 변신시키는 사람들이 많이 모인 곳이 이 독서 모임이다. 책을 가까이하기 어려울 때 같이하는 사람들이랑, 책 속의 문장들이 손과 마음을 잡고 춤추며 마술을 부린다고 해야 할 것 같다. 마술의 과학을 알면 고개가 끄덕여지듯 이 모임에 참여해 보면 독서 마술을 알게 된다. 나는 책 읽는 마술사들을 매월 첫째, 셋째 토요일 아침 7시에 대동대학교 평생교육원

에서 만난다. 책 마술사 선배들은 남의 책을 내 책으로 만들 수 있
는 힘을 준다.

독서, 큰술처럼

3-2

나의 독서 재도전

(구미옥)

2018년부터 시작된 부동산 공인중개사 시험은 매일 7시간 학원 수업 듣고 인터넷 강의 복습을 해도 쉽사리 합격이 되지 않았다. 그 후 3년 노력 끝에 2020년 12월 합격 통지를 받았다. 활자를 멀리하고 살았던 나는 부동산 중개사 시험 4과목, 법 공부가 제일 어려웠다. 평생 법조문 근처에도 가보지 못했는지라 이해하기도 어렵고 암기하기도 어려웠다. 한 과목만 부동산개론이었다. 개론은 내가 싫어하는 계산 문제가 있어 공부가 쉽지 않았다. 돌아서면 공부한 내용을 잊어버리고 또 암기해야 하는 패턴의 연속이었다. 몇 년간의 스트레스로 당뇨병, 고혈압이 생겼다. 물론 친정아버지의 가족력도 있지만.

세 번 정도 낙방하다 보니 오기가 생겨 2020년에는 온 힘을 다 기울여 아침 10시부터 오후 2시까지 학원에서 강의 듣고 오후 10시경 집에 왔다. 눈도 아프고 집중도 하기 힘들었다. 장기간 공부를 하다 보니 활자는 보기도 싫었다. 네이버로 내가 필요한 뉴스,

스포츠만 읽었다.

합격 후에도 좋아하는 드라마나 골프 스포츠 등은 침대에서 휴대전화로 볼 수 있는 유튜브를 애용했다. '우리들의 블루스', '사랑의 불시착', '미스터 선샤인', '글로리'를 시청했다. 드라마를 넷플릭스로 보기 시작하면 마지막 회까지 봐야 하는 직성이라 그다음 날 일상을 제대로 진행할 수가 없었다. 요즈음은 꼭 보고 싶은 게 아니면 넷플릭스는 시청하지 않는다. 또한 세계적인 골프 대회도 마찬가지이고…. 사무실 스트레스도 날리고 멍때리는 시간도 좋았다. 책은 그저 중개에 필요한 참고서 정도만 읽었다.

하지만 정신없이 시청하다 보면 1~2시간은 후딱 지나가 버렸다. 폭력적인 것을 보면 밤에 잘 때 잔상이 남아 푹 자는 것도 힘들었다. 전날 잠을 깊이 자지 못하면 다음 날 일상을 유지하는 게 힘들기 때문에 나는 숙면을 아주 중요시한다.

작년 여름 사업매출이 뚝 떨어졌다. 이 난관을 어떻게 이겨 내는 방법이 없을까? 궁리 끝에 책 속에 길이 있지 않을까? 바로 근처 도서관으로 부동산, 자기 계발 관련 책들을 읽기 시작했다. 10여 권의 책을 읽으면서 마음에 와닿는 글귀는 노트에 적었지만 뭔가 체계적이지 않고 대충 책을 스쳐 지나가는 습관에 뭔가 변화가 있어야 하겠다는 생각이 들었다.

"노래하고 막노동하던 최 사장, 어떻게 2년 만에 억대 매출 공인중개사가 되었을까? 라는 책 속에 강규형 씨의 3p 바인더로 매일/매주/매달 일정 기록과 동시에 독서를 꼽았다. 나 스스로 독서를 체계적으로 하는 게 힘들 것 같아 서울양재큰솔나비독서 모임 같은 게 없을까 검색하면서 부산에도 있는 것을 알게 되었다.

왜 남들처럼 하고 싶은 것도 하지 못하고 이리 살아야 하나? 처음엔 매출 하락 돌파구를 찾을 겸 독서를 시작했다. 특히 부산큰솔나비독서 모임 슬로건 "공부해서 남을 주자"는 항상 공부해서 이기적인 욕심을 채우고자 했던 나에게 충격으로 다가왔다. 어떻게 해야 하지? 더 배우고 싶었다. 글짓기도 하고 싶어졌다. 글센티브책쓰기스쿨에도 가입했다. 2주마다 한 권씩 책을 읽어야 하니 자연스럽게 책을 가까이했다. 선정된 책뿐만 아니라 주변에 있는 책들도 계속 읽게 되었다. 휴대전화로 유튜브를 보고 있다가도 이게 아니지 책을 읽어야지 하면서 휴대전화를 접었다. 유튜브를 많이 보면 독서할 시간도 많지 않았다. 낮에는 업무를 해야 하고 운동도 해야 했기 때문이다. 잠이 부족하면 다음 날 집중이 힘들고 일도 하기 싫었다. 전날 푹 자고 일어났을 때의 아침이 나에겐 중요했다.

글센티브 코치 J 선배 강의는 재미있고 유익했다. 특히 매일 올라오는 블로그 포스팅은 진솔하면서 행간 메시지가 들어 있었다. 읽을 때마다 미소가 나오는 절로 나왔다. 매일 J 선배의 글을 기다린다. 나는 머리로 생각하고 글은 잘 쓰지 않는다. 메모, 일기도 쓰지 않는다. 글쓰기는 독서, 메모, 일기 쓰는 게 필요하다. 글쓰기를 통해 나의 정체성, 내가 하고자 하는 것이 무엇인지 나의 마음을 살펴보고 싶었다.

어릴 적 신문, 만화, 소설을 즐겨 보던 시절로 돌아가 독서와 글짓기를 통해 진정 나를 위한 것이 무엇인지, 내가 남을 위해 봉사할 수 있는 일은 무엇인지 알 수 있을 것 같다. 인생 3막을 글쓰기, 독서로 마무리하면 어떨까? 늘 침대맡에 책을 가까이 두려고 한다. 나는 한 번 읽은 책은 재독은 하지 않은 편인데 가끔 메모나 읽었던 책을 다시 읽으니 그때 감정이 되살아나고 새로운 느낌을 마주하기도 한다.

독서를 하고 싶었지만 손쉽고 자극적인 TV 시청, 유튜브를 즐겨 봤던 내가 다시 독서와 글짓기에 관심을 가지면서 한 걸음 물러나 내 마음을 들여다볼 수 있는 사고의 깊어짐을 느낀다. 남을 배려하는 마음과 함께 내면이 충만함을 느낀다.

독서, 큰솔처럼

삶은 힘겹지만 넌 사랑받고 있어

(권은주)

코로나로 모든 것이 멈춘 시절, 직장에서는 코로나로 지쳐가는 직원들을 위해 독서 지원사업을 하고 있었다. 〈부산큰솔나비〉 활동을 경험으로 직장 내에서도 독서 씨앗을 뿌려보리라 마음먹었다. 함께 할 멤버들을 모집했고, 평소에도 호기심 많고 열정적인 후배 2명과 동기 2명이 함께 하겠다고 참여 의사를 밝혔다. 팀명을 짓고, 사업 계획서를 구상하며 '계획을 모두 실행할 수 있을까?' 걱정도 됐지만 독서 주제에 맞는 연계 활동 등 많은 것을 시도해 볼 수 있다는 생각에 가슴이 설레었다.

4월부터 공식적인 모임이 시작됐다. 첫 도서는 독서에 대한 부담감을 덜고자 류시화 시인의 《마음 챙김의 시》로 선정하고 시낭송회를 개최했다. 팀원들은 배경음악까지 준비한 나를 보며 "온라인 모임인데 이렇게까지 진심으로 준비할 줄 몰랐다"고 부끄러워하면서도 진지하게 시를 읽었고, 꽤 낭만적인 시간을 가졌다. 며칠 뒤

관련된 독서 연계 활동을 했다. 우리의 열정을 받아 줄 수 있는 그곳, 봄의 기운이 가득한 순천만 국가 정원으로 향한 것이다. 도착한 곳에는 '피어나라, PNUH' 팀명처럼 튤립, 팬지, 수선화, 유채꽃 등 헤아릴 수 없는 꽃들이 만발해 있었고, 탁 트인 시야와 맑은 공기는 코로나로부터 해방감을 느끼게 해주었다. 세계 정원 곳곳에서 사진도 찍고, 깔깔거리며 실컷 웃었다. 우리의 인생도 활짝 핀 꽃처럼 화사하게 피어나고 있었다.

5월 선정 책은 황현필 작가의 《이순신의 바다》였다. 이순신은 역사적으로 많이 알려진 위인이라 잘 안다고 생각했지만, 책을 읽고 보니 현재 우리가 살고 있는 시대에서도 찾아보기 힘든 리더였다. 오히려 원균과 같은 기회주의적 인물이 더 찾아보기 쉬우리라. 크게 감명받은 우리는 전남 좌수사가 있었던 통영으로 향했다. 임진왜란 당시 이순신 장군은 수병들과 직위를 가리지 않고 이곳 세병관에서 치열하게 전술을 짰다고 했다. 우리도 선선한 바람이 불어오는 세병관에 둘러앉아 각자가 생각하는 이 시대의 진정한 리더십은 무엇인지 열띤 토론을 했다. 나는 리더의 솔선수범과 인내력이 얼마나 중요한지에 대해 의견을 냈고, 쉽지 않겠지만 힘들어도 그런 삶을 실천하는 사람이 되겠다고 다짐했다.

독서, 큰솔처럼

6월 선정 도서는 《오은영의 화해》였다. 여태껏 가슴이 아파서, 너무나 소중해서 남들에게는 쉽게 꺼내지 못했던 이야기들을 나눴다. 나는 가족들을 위해 평생 희생하시다가 암 진단을 받고 고된 투병 끝에 돌아가신 아버지가 그립다고 했다. 암투병하는 환자들의 뒷모습만 봐도 당신이 떠올라 눈물 마를 날이 없다고. 부디 그곳에서는 고통 없이 편안히 지내시길 바란다고. 아팠던 과거와 화해의 시간을 가진 우리는, 1박 2일 홍법사 템플 스테이로 떠났다. 힐링 위주의 프로그램이었지만 108배는 반드시 참여해야 했다. 다른 사람과 나를 위한 서원들을 세우며 한 배씩 절을 올릴 때마다 끓어오르는 마음은 진정되고 한결 가벼워졌다.

무더운 여름 7월의 선정 도서는 조원재의 《방구석 미술관》이었다. 유명한 미술작품 설명뿐 아니라 작가들의 이야기가 곁들어져 이해에 도움이 되었다. 우리는 부산현대미술관으로 향했고 시원한 에어컨이 나오는 미술관은 여름 피서지로는 손색이 없었다. 멋진 작품 속 앞에서 그럴듯한 폼으로 사진도 찍고, 알 수 없는 감정들로 작품을 바라보기도 했다. 그리고 그 느낌 그대로 '그림 한 점' 미술 체험 카페로 향했다. 그림에 소질이 없던 나는 쉬워 보이는 나이프 화에 도전했다. 하지만 웬걸, 꽃다발을 그리려고 시작했던 그림은 빵에 잼 바른 것 같이 되어 버렸다. 서둘러 미술 전공자인 카페 주인이 내 그림에 심폐소생술을 시작했고 얼핏 보면 작품 같아 보이도록 마무리했다. 고등학교 졸업 후로는 받지 않았던 미술 시간 스트레스에 적잖이 당황했고, 독서 연계 활동이 아니면 굳이 하지 않았을 이색 체험이었다.

8월의 선정 도서는 김수현의 《나는 나로 살기로 했다》였다. 다른 사람의 눈치를 보지 않고 나다움을 찾아 산다는 것! 쉬운 일이 아닐 수 있겠지만 한번 해보기로 마음먹었다. 그리고 평소 가보고 싶었던 싸이 흠뻑쇼에 가기로 결심했다. 공연이 시작되자마자 쏟아지는 물대포로 스탠딩 좌석은 말 그대로 아비규환이었다. 화려한 조명과 멋진 댄서들의 안무, 강력한 비트에 흥이 올라 나는 부끄러움도 모르고 신나게 골반을 흔들었다. 상상 이상의 무대였고, 남녀노소 할 것 없이 세대를 아우르는 멋진 화합의 시간이었다. 「기댈곳」이라는 발라드를 부를 땐 가수 싸이의 짊어진 삶의 무게가 얼마나 무거운지 눈물을 흘렸다. '나만 힘든 것이 아니라 그 역시, 우리 역시 다들 각자의 힘든 삶을 버텨내고 있구나.' 크게 위로받았고, 다시 일어설 수 있을 것 같은 희망이 생겼다.

9월의 선정 도서는 자일 자키의 《공감은 능력이다》였다. 어려운 책이었고 팀원들도 이해하기 어려워했다. 하지만 '골드 미스들의 한

독서, 큰솥처럼

복을 입고 싶다'는 소원을 공감하기 위해 신나게 전주 한옥마을로 향했다. 태풍 예보가 떨어진 상황에서도 출발했지만, 도착한 전주 날씨는 화창했다. 도착하자마자 한복 대여점으로 가서 어울리는 한복을 선택했다. 무더운 날씨에도 캉캉 속치마까지 다 챙겨입고, 올림머리를 한 우리는 조선시대 규수 같았다. 어진을 보고 전주성당 한 바퀴를 돌며 사진을 찍고 나니, 처음 단아했던 모습은 온데간데없고 치마는 돌아가고, 머리카락은 흐트러져 있었다. 결국 그날 밤 골드 미스들은 한복 몸살을 했고 "결혼 두 번 하는 사람들은 대단하다"는 말에 기혼 멤버들은 웃겨 쓰러졌다. 서로를 공감하는 시간이었다.

10월의 선정 도서는 호프 지런의 《나는 풍요로웠고 지구는 달라졌다》였다. 우리는 심각해지는 환경 오염을 안타까워하며 생활 속 작은 실천으로 지구를 살릴 방법을 고민했다. 일회용품 사용 줄이기, 비닐봉지 덜 사용하기, 채식하기 등 일상생활 속에서 지킬 수 있는 의견들이 많이 나왔지만 알면서도 편하다는 이유로 지키지 않는 습관이 더 문제가 된다고 반성하였다. 독서 연계 활동도 마지막이라 대저 고모님 집에서 가든파티를 하기로 했다. 환경을 위해서라면 채식하는 것이 맞지만 죄책감 속에서도 고기를 맛나게 구워 먹었다. 그래도 "음식은 남기지 말자"며 마지막 한점까지 열심히 먹고 있는데 "많은 배설물 또한 지구를 아프게 한다"는 누군가의 말에 박장대소하였다. 올바른 생각과 행동이 일치하면 세상은 진작에 바뀌었을 것이다.

독서 연계 활동 이외에도 또 하나의 독서 활동 묘미는 '필사'였다. 나는 《나폴레온 힐 성공의 법칙》 책을 필사해 보자고 팀원들에게 제안하였는데, 그 책은 무려 915페이지에 달했다. 책 두께만으로도 팀원들은 시도조차 하지 않으려 했지만 매주 한 장씩 총 16장, 4개월 동안 한다면 "못 할 것도 없다"고 설득했다. 매주 한 장씩 필사한 기록을 단톡방에 올렸고, 처음에는 힘들어하던 팀원들도 어느새 습관이 생겨 스스로 필사를 꾸준히 이어 나갔다. 이 책은 자기계발서의 진수답게 성공하는 인생을 위한 긍정적 태도, 솔선수범, 공정, 결단력, 용기, 자제력, 집중력, 협력 등 다양한 가치를 알려 주었고, 팀원들은 정성스럽게 필사하며 성공의 법칙을 마음속에 새겼다. 그렇게 한 명의 낙오자도 없이 필사를 마쳤고, 이 영광스러운 순간을 기념하기 위해 검고 두꺼운 책은 학사모가 되어 사진 속에 남았다.

혼자서 책을 읽을 때도 좋았고 독서 토론을 통해 함께 읽고 나누는 것도 좋았다. 하지만 독서 연계 활동이 더해지니 독서를 통한 관계의 깊이는 더욱 깊어졌다. 독서 모임이 아닌 때에도 힘든 일은 없는지, 서로의 안부를 묻는 것이 일상이 되었고, 별다른 말 없이도 이해할 수 있는 사이가 되었다. 또, 좋은 글귀를 필사하며 마음의 힘도 길러져 저마다 닥쳐온 시련을 슬기롭게 극복할 수 있었다. 책을 읽으며 지혜를 키우는 것, 누군가의 이야기를 들어주며 공감하는 것. 삶이 힘겨울 때도 사랑받고 있다고 느낄 수 있는 것. 이것이 우리 '피어나라, PNUH'팀이 얻은 가장 가치 있는 독서 활동이 아니었을까?

줄탁동시로 새롭게 태어나다

(문미옥)

나의 젊은 청춘 나의 열정 모든 것을 쏟은 유치원은 내 인생의 전부이다. 주 5일 아니라 꿈속에서도 생각하고 고민하고 아니 꿈속에서도 유아와 함께했다는 것이 정답일 것이다. 왜 그랬을까? 정말 좋아서 70% 먹고 살기 위해서 70% 어느 쪽이 위인지 아리송하지만 그래도 열심히 즐겁게 할 수 있었던 것은 나의 적성에 맞고 하면 할수록 더 인정받았고 그래서 더 잘하고 싶은 세월이었다. 지치지 않은 열정 타고난 회복탄력성으로 무장한 단단한 내 삶의 터전에는 언제나 밝고 향기로운 꽃들로 가득하다.

유아기 아이들과 이삼십 대 선생님, 삼사십 대 학부모 이런 연령대와 생활하기에 나를 단련하지 않으면 금방 꼰대 내지는 고루한 사람이 되기 때문이다.

취미생활과 건강, 다가올 미래를 종종 그려보지만 아직은 묘연하다. 중요하지만 급하지 않다고 생각하는 건강에 대해서는 〈부산큰솔나비> 독서 모임 선배 덕분에 토마토와 건강 상식으로 먹거리에 신경을 쓰고 있다. 그리고 나의 행복한 취미생활 가운데 하나라고 생각하는 독서의 계기는 줄탁동시의 의미와 같이 병아리의 나갈 신호와 어미 닭의 알아차림으로 세상에 빛을 보는 병아리처럼 나도 <부산큰솔나비> 독서 모임을 통해 새롭게 태어났다. 독서를 제대로 하고 싶었던 간절한 마음이 K 선배의 독서 모임 권유의 두드림으로 세상 밖으로 나온 느낌이다. 새벽 시간 아무리 바쁘고 힘든 일이 있어도 '갈까, 말까'에서 그래도 참석하려는 확률이 훨씬 높은 쪽으로 변한 나 자신을 발견한다.

독서 모임 조별이 선정되었을 때마다 했던 이야기 "고수 방에 왔네요. 한 수 배우고 싶어요!" 한 문장 요약, 세 단어로 표현하고 정리하는데, 감탄에 감탄할 때가 많았다. 책을 다 읽지 못했을 때는 더더욱 작아지는 경험과, 직장, 가정, 아이들 뒷바라지 모든 것이 바쁨에도 항상 그 자리에서 최선을 다하고 있는 선배를 보면서 못한다는 것은 핑계일 뿐이라는 생각에 더 열심히 달려가려고 노력 중이다.

독서 모임을 하면서 많은 책을 읽고 실행하면서 나의 삶도 달라졌다. 문제 상황에 대해서 해결할 때도 사람과의 관계 속에서 해결하기보다는 곰곰이 생각하고 글로 써서 문제점과 해결책을 같이 놓고 고민하다 보니 조금 더 성숙해진 느낌과 사람에 연연해하는 것들이 초연해졌다. 적당한 거리에서 서로를 격려하고 응원해야 오래 간다는 진리 앞에 더욱더 성숙한 내가 될 수 있도록 항상 가르침을 주는 책 스승이 곁을 지키고 있어 너무나도 감사한 시간이다.

하지만 '왜 난 저 선배처럼 읽고 나면 생각나는 것이 없지?' '왜 나는 모르는 것에 줄을 긋기보다는 아는 것에 긋지?' 200페이지가 넘어가는 책은 아예 시작하기가 어렵다고 느꼈다. 그러다 우연히 독서 모임 K 선배가 하는 독서법 강의를 들었다. '책의 핵심 내용은 2/3에 있다', '처음부터 안 읽어도 된다', '읽고 싶은 내용 먼저 읽어라' 등 다양한 방법으로 접근하면 두꺼운 책도 읽을 수 있겠다는 것을 터득하여 이제는 두꺼운 책 모두를 다 읽어야 한다는 부담감에서 벗어나려고 노력한다. 그러다 김 교수의 3가지 요약 독서법을 통해 요약하고 쉬운 책 내가 토론할 수 있는 책을 먼저 즐겁게 읽고 잘 안 읽어지고 내용이 어려운 것은 유튜브도 보면서 핵심을 찾으려 노력하니 조금씩 성장하기 시작했다. 오랜만에 조별 토론 팀에 같이 한 J 선배가 많이 성장했다고 칭찬해 주어 기뻤다. 선배의 인사말이 큰 힘이 된다는 것을 알고, 나도 처음 오는 회원들에게 잘한다는 칭찬을 아끼지 않는다. 그들의 한마디가 보약처럼 느껴지기에 신입 회원들에게도 그런 묘한 보약으로 선한 영향을 주려고 노력한다.

　이제 몇 년 후 퇴직을 할 것이다. 아직은 실감이 나지 않고 무엇으로 시간을 보낼지 막막하다. 내가 진정 무엇을 하고 싶은지도 무엇을 잘하는지도 모르는 상태다. 너무 바쁘게 살아온 삶이고 연이어 10일 이상 긴 시간을 쉬어보지 못했기에 그저 막막하고 무료하면 어떡하지, 하는 두려움만 가득하다. 살면서 가장 오랫동안 지속하지 못한 것이 운동이다. 생각과 달리 실천이 어렵고 작심삼일이 허다하다.

　산책과 여행을 좋아하지만, 일상에서 걷는 시간이 없다는 핑계를 대며 하지 않았고 주말에는 시체 노릇, 침대와 한 몸 되어 뒹구는 시간이 많았다. 이제부터는 대문을 박차고 나가는 훈련에서 필라테스까지 시작하며 마음을 다잡는다. 그리고 K 선배처럼 도서관에서 책 읽는 삶을 꿈꾸며, 그래도 도서관 친구를 만들어 같이 책 읽고 공유하면 즐거울 것이라는 생각에 천성은 안 바뀌었음을 고백한다.

　인생 황금기라고 하는 65세에서 75세. 나는 이 시기를 인생 3막이라 생각하며 그냥 쉬어가는 시간이 아니라 진정 나를 알아가고 무언가를 배워가는 시간, 그 시간 속에서 나를 가꾸고 예쁘게 다듬어서 우리 손주들도 "할머니 바빠요? 엄마 언제 시간 되나요?" 이런 삶을 꿈꾸는 멋진 할머니의 삶을 기대하며 오늘도 행동하기를 멈추지 않는다.

독서로 준비하는 제2 인생 찾기
(안현정)

어렸을 때부터 책을 좋아하고 즐겨 읽기보다는 책을 읽으려고 노력했던 것 같다. 재미를 위해 읽는 책보다는 그때그때 필요한 정보나 지식을 습득하기 위해 읽는 책이 대부분이었다. 지금은 원하는 정보나 필요한 자료는 인터넷 검색을 통해 손쉽게 얻을 수 있고, 생활 속의 여러 가지 문제 해결을 위해서는 각종 영상물의 도움을 받을 수 있다. 스마트폰, 태블릿, TV 등 다양한 디지털 매체에 쉽게 접근할 수 있고 즉각적인 즐거움을 주기 때문에 책보다는 영화, 운동, 여행 등 다양한 여가 활동들에 우선순위를 두게 되는 건 사실이다.

여유 시간만 생기면 인기 드라마를 몰아 볼 수 있는 각종 OTT에 가입해서 밤을 새우는 일이 많았다. 멈출 수 없는 드라마 몰아보기는 공허함과 함께 다음 날뿐 아니라 한 주의 생활을 힘들게 만든다. 많은 정보가 한꺼번에 제공되고 처리하고 이해야 하는 일이 갈수록 많아지고 있다. 업무 스트레스와 피로감은 갈수록 커지고, 집중력 저하에도 영향을 준다. 며칠 자리를 비우면 읽지 않은 메일과 공람 문서들이 쌓여 있다. 붉은색으로 (긴급)을 달고 있는 제목부터 중요하다고 강조한 문서 내용들을 읽고 이해하는 데도 꽤 긴 시간이 걸린다. 끊임없이 쏟아지는 정보와 알림으로 인해 사무실과 집을 분리하기 힘들게 되었다. 퇴근하면 끝나는 일과가 아니라 업무 담당자별로 포함된 카톡 그룹에서 마감 시한을 정한 자료 요청이나 상황 공유 메시지들을 계속 보내오기 때문이다. 딱딱한 보고서들을 매일 읽다 보니 글을 읽는 게 싫어졌다는 핑계도 대어본다.

무기력함이 찾아오는 일상에서 벗어나 변화를 원하는 나를 발견할 때쯤 〈부산큰솔나비〉 독서 모임을 알게 되었다. 〈부산큰솔나비〉는 책과 함께하는 목적 있는 독서를 통해 나로부터 비롯되는 변화로 건강한 가정을 세우고, 이웃에게 배움을 나누자는 사명을 두고 있다. 책이라는 테마 하나로 모인 회원들의 긍정적이고 열정적인 말과 행동에서 나도 여기서 새로운 변화를 만들 수 있을 것 같은 가슴 떨림이 있었다. 처음 독서 모임에 참여했을 때 조별로 모여서 돌아가면서 한 주간 감사했던 감사 나눔으로 읽은 책에 대하여 이야기하는 시간이 있었다. 내 차례가 되면 어디서부터 말을

독서, 큰솔처럼

시작해야 할지 막막하기만 했다. 나는 읽었던 책 내용도 기억나지 않는 데 전체적인 맥락을 자기 상황에 맞게 적용해서 이야기하는 선배들의 모습에 그저 감탄만 할 뿐이었다. 조별 발표 시간에는 누구를 지목해도 앞에서 마이크를 잡고 조리 있게 말하는 분들이 부러웠다. 내가 제일 힘든 부분이기도 하고 잘하고 싶은 부분이기도 했기 때문이다.

사실 책을 몇 권 읽는가는 중요하지 않다. 책을 읽고 자기 삶에 적용하고 긍정적으로 변화시킬 방법을 찾아 내 삶을 얼마나 변화시켰는지가 중요하다. 꾸준히 독서 모임에 참여하는 선배들의 모습에서 많은 변화를 발견했다. 읽은 책을 통해 각자의 삶에 적용하고 있었다. 독서를 좋아하는 사람은 강제성 있는 독서가 필요 없을 수도 있다. 의무적인 책 읽기가 아니어도 충분히 독서에 재미를 느낄 수 있는 능력을 이미 가지고 있기 때문이다.

혼자 읽을 때는 내 입맛에 맞는 독서를 하다 보니 중요한 내용도 흘려버리기 쉽다. 함께 읽는 독서는 읽어야 할 시간이 정해져 있고 읽어야 할 책이 정해져 있어 의무감을 느끼게 한다. 책을 읽고 자기 생각을 정리해서 이야기할 수 있어야 하니 혼자 읽을 때보다 좀 더 신경 써서 읽게 된다. 같이 읽고 이야기 나누는 속에서 내가 평소 접하지 못한 다양한 생각을 알게 된다. 같은 책을 읽고 다른 해석을 들으며 또 다른 관점을 키워나간다. 책을 읽는 중 이해하기 힘들거나 부족한 부분을 채워나갈 수 있다. 책 한 권이 아닌 여러 권의 책을 읽는 효과를 얻을 수 있다. 책 속에서 깨닫는 것은 사람마다 다르다. 혼자 읽고 사색하는 독서도 물론 좋지만, 다른 사람의 관점과 해석을 들으면서 새로운 시각과 이해를 얻을 수 있다는 것이 독서 모임의 큰 장점이다. 내 의견을 표현하고 다른 사람의 의견을 듣는 과정에서 의사소통의 능력과 스피치 능력도 향상된다. 책이라는 공통의 관심사를 가진 사람들과의 네트워크를 형성할 수 있다는 것은 참 행복한 일이다.

책을 많이 읽는 데만 집중했던 나에게 독서 모임을 통해 책을 보는 시각이 달라졌다. 책을 처음부터 끝까지 꼼꼼하게 순서대로 차근차근 읽어야 한다는 생각 때문에 재미없는 부분을 건너뛰지 못하고 다 읽지 못해서 포기했던 책들이 많았다. 책을 빨리 읽고 끝까지 많이 읽는 것에 목표를 둘 것이 아니라 내용을 제대로 이해하고, 깨닫고 배운 내용을 나의 삶에 적용까지 할 수 있는 책 읽기가 필요하다. 책을 읽고 공감하고 감동적인 글은 줄 긋기를 하지만 그 내용은 오래 기억 속에 남지 않고 다른 사람에게 인용하고 싶어도 생각이 나지 않는 경우가 많다. 이런 고민을 알고 있었다는 듯 얼마 전 독서법 강의를 개설하여 한번 읽으면 절대 잊어버리지 않는 기록 독서법을 알려주신 회장님께 감사드린다. 독서 모임이 끝난 후 중요한 내용은 그 페이지와 함께 문장을 독서 노트에 옮겨 적었다. 이렇게 베껴 놓기만 하고 그 글을 읽지 않으면 내 삶에 적용 단계까지 도달하지 못한다.

책에서 마음에 드는 문장을 골랐다면 나만의 경험을 적고, 나만의 키워드로 각색하는 독서법을 실천해 보려고 한다. 예전과는 다르게 읽은 내용도 돌아서면 기억이 나지 않는다. 기억하는 순간이 점점 더 짧아지는 것을 느낀다. 아니 전혀 새로운 문장으로 다가올 때도 많다. 그러니 다른 사람에게 나의 감동을 전달하기도 쉽지 않다. 책 읽기를 통해 미처 보지 못했던 새로운 문제를 보고 지금까지 시도해 보지 못했던 새로운 것을 시도해 보는 적극적인 삶을 살고 싶다. 나로부터 비롯되는 목적 있는 책 읽기를 통해 책과 쌓은 경험이 누군가에게 도움을 줄 수 있는 제2의 인생을 기대해 본다.

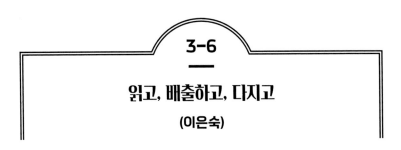

3-6
읽고, 배출하고, 다지고
(이은숙)

가끔 이런 생각을 해본다. '어린 시절부터 책 읽기를 좋아했다면 얼마나 좋았을까?' 독서가 삶의 지혜를 알아가기에도 유용하고, 좋은 걸 알면서도 그때는 왜 읽지 않았을까? 요즘 자주 드는 생각이다. 어린 시절 난독증이 있는 것도 아닌데, 책 읽기를 왜 그렇게 싫어했을까? 지금 생각해 보면 어린 시절 책에 흥미를 느낀다는 것이 얼마나 중요한지 다시 생각해 본다.

일을 하다 보면 가끔 힘들 때가 있다. 마음과 다르게 일이 진행될 때, 여러 가지 문제로 생각보다 일이 잘 풀리지 않을 때, 그럴 때마다 내가 자주 찾았던 곳은 대형서점이었다. 당시에는 책을 거의 읽지 않을 때였다. 그래도 서점에 가면 왠지 마음이 편했다. 서점에 가면 동기부여 책, 여행책, 업무와 관련된 책들을 보면서 마음을 새롭게 다졌다. 책을 많이 읽는 사람들이 책 속에 답이 있다고 하는 말이 틀린 말이 아니었다. 속 시원하지 않았지만 지금 생

독서, 큰솥처럼

각해 보면 책을 읽고 나면 뭔가 길이 보이는 듯했다. 그렇게 서점에 서 서너 시간을 보내고 다시 일을 시작하면 뭔지 모르게 마음이 편했다. 책 읽는 분위기가 좋았다. 당시 내가 자주 갔던 신세계 백 화점 지하 1층 서점에는 커피숍도 같이 있었다. 읽고 싶은 책을 몇 권 골라서 서점 카페에서 차 한잔하면서 읽었던 책들은 나에게 많 은 도움이 되었다. 그렇게 몇 시간을 보내고 나면 힘들었던 일들이 별일 아닌 것처럼 생각이 바뀐 적이 많았다. 특히 업무가 바뀌고 신입 때는 혼자 기준을 잡지 못해 방황했던 적이 많았다. 물론 회 사 선배들의 도움을 많이 받았지만 혼자 느끼는 힘듦을 해소하는 것으로는 부족했다. 그때 사람으로 채워지지 않는 부분을 책에서 도움을 받았다.

한 달을 여행으로 보낼 때가 있었다. 어쩌다 보니 각자 모임에서 의 여행과 개인적인 여행이 한 달에 같이 몰리면서 여행의 여독을 풀기 전 다음 여행을 출발하는 경우가 있었다. 전 직장동료들과 함 께 코타키나발루 3박 5일을 다녀왔다. 귀국한 지 5시간 만에 다시 대만으로 출국했다. 초등 친구들과 대만 2박 3일 여행 귀국 후 이 틀 짐을 싸고 혼자 아이슬란드를 다녀왔다. 겸사겸사 나에게 한 달 간 여행 선물을 주기로 했다. 여행 계획을 짜면서 먼저 챙긴 것이 책이었다. 편하게 읽을 얇은 책을 골라 여행 가방에 넣었다. 예전

같으면 있을 수 없는 일이지만 작은 가방에 책을 넣고 나니 왠지 뿌듯했다. 누군가는 '꼭 책을 읽지 않는 사람이 여행 갈 때 책을 챙긴다'라고 놀리기도 한다. 하지만 코타키나발루에 가서 새벽에 일어나 간단히 산책하고 호텔 로비에 앉아서 아무도 없는 공간에서 시원한 새벽공기를 맞으며 2시간의 독서 시간을 잊을 수가 없다. 아이슬란드에서는 밤새 오로라를 기다리며, 시간이 될 때마다 책을 읽었다. 혼자만의 시간을 충분히 즐기며, 이렇게라도 읽으려고 노력하는 나 자신의 변화가 새롭다.

　어느 순간 책과 노트북을 들고 카페를 찾는 나 자신이 신기하다. 특히 주말에 서너 시간은 카페에서 보낸다. 책 한 권과 노트북을 챙겨 들고 카페에 가서 책도 읽고, 생각나면 글도 쓴다. 누가 시켜서 하는 일이면 이렇게 할 수 있을까? 글 한 줄 쓰는 일이 나에게는 만만치 않은 일이다. 주말 아침이면 습관처럼 노트북을 켠다. 퇴근하면 아무리 늦더라도 노트북을 켠다. 공저를 내기로 하고 생긴 습관이다. 과연 언제까지 할 수 있을지 모르지만 내가 잘하는 방법대로 묵묵히 시작해 본다. 어느 날은 컴퓨터를 켜고 한 글자도 진도가 나가지 않는다. 그래도 컴퓨터를 켜서 뭐라도 써보려고 노력한다. 책을 읽는 것에서 그치지 않고 쓰기 것이 쉽진 않지만, 나와의 약속을 지키려고 노력한다.

글을 쓸 때 자신의 글을 쓰면 쉽게 쓸 수 있다고 한다. 맞는 말이다. 처음 글을 쓰기 위해 어떤 글을 써야 할지 막막할 때가 많았다. 하지만 내가 겪은 글을 쓰면 생각보다 글을 자연스럽게 쓸 수 있었다.

매일 이른 출근과 늦은 퇴근으로 책 읽는 것이 쉽지 않다. 이것 또한 핑계가 되지 않기 위해 나는 토막시간을 활용한다. 그럴 때마다 내가 했던 방법은 출근 전 10분 먼저 일어나서 10분 정도 책 읽고 출근했다. 퇴근하고 잠들기 전 10분 책 읽기로 부족한 독서량을 늘렸다. 또 어떤 날은 고객을 만나러 카페에 조금 일찍 도착해서 책을 읽기도 했다. 그렇게 조금씩 5분, 10분씩 토막 시간을 활용해서 독서량이 늘어났다.

책 읽기를 시작하면서 몇 권의 책을 동시에 읽어보았다. 한 권의 책을 모두 읽고 다른 책을 넘어가는 것이 아니라 여러 권의 책을 한 장씩 읽고, 다음 책을 또 한 장씩 읽는 것이다. 이것이 병렬독서라고 독서 모임 선배들이 알려주었다. 그렇게 읽으니, 책을 읽으면서 지루해지면 다음 책을 읽으니, 책을 읽는 속도도 조금 빨라지는 듯했다. 책 읽기에 집중도가 낮은 나에게 적합한 독서법이었다. 병렬독서와 함께 책을 읽고 흔적 남기기의 중요성을 느낀다. 분명히 읽었던 책인데 책 내용이 전혀 생각나지 않는 경우가 종종 있다. 책을 읽고 흔적을 남기지 않아서라는 생각이 들었다. 처음에는 책을 읽으면서 좋아하는 부분을 색깔 연필로 줄을 그었다. 그러면서 옆에 내 생각을 정리하기도 했다. 그다음에는 내가 가슴 깊이 새기고 싶은 부분은 독서 노트에 따로 필사하고 그 부분에 대한 내용을 정리했다. 정리하고 나니 책에 대한 이해도 쉬웠고, 삶에 적용할 수 있는 부분들이 생겨났다. 아직 습관이 되지 않아 쉽지는 않지만 그래도 독서 노트를 잘 활용하고 싶다. 흔적 남기기의 방법 중 독서 모임 선배들이 하는 블로그도 도전하고 싶다.

3-7

자발에 의한 강제성
(전미경)

나의 책 읽기 수준은 어느 정도일까? 독서란 참 재미있는 놀이이고, 때때로 글쓰기를 하고 싶다는 생각이 드는 요즘이다. 여행을 간다거나 며칠 전처럼 이사하는 등 특별한 이벤트가 없는 날은 매일 아침 적어도 30분 이상 책을 읽는다. 이 정도도 10여 년 전의 수준에 비하면 장족의 발전이다. 그동안 무엇을 했기에 지금의 상태가 되었을까? 이미 독서의 고수들이야 새겨들을 것도 못 되지만 책은 수면제요 책 한 권을 완독하는 것이 필생의 소원인 분들이라면 나의 경험담이 조금의 도움은 되리라 생각된다.

우선 나는 책을 읽어내야만 하는 환경에 놓여 있었다. 당시 암웨이 사업을 하고 있었는데 강의를 들어도 소그룹 미팅에서도 책 소개는 빈번한 일이었고, 책을 사업 툴로 사용하고 있었다. 주로 자기계발서나 건강, 경제, 트렌드를 읽을 수 있는 서적들이다. 사업 특성상 건강과 경제 지식이 전무한 상태에서는 고객을 만나도 할 말이 없고 설득력도 없다. 신뢰를 얻기도 힘들다. 연차가 올라가면서 강의를 듣는 입장에서 강의해야 하는 입장으로 바뀌다 보니 책은 더더욱 절실했다. 필요는 행동을 낳기 마련이다. 이때는 꼭 필요한 책은 교과서를 읽듯이 정독했다. 사업의 툴로 사용해야 했기에 내 입맛에 맞는 책들만 골라서 읽었다. 내 생각을 뒷받침하는 문구에 매몰되어 파란 줄, 빨간 줄 쫙쫙 그었다. 혹시라도 반대 의견이 보이면 과감히 무시했다. 너무나 편협한 책 읽기를 하고 있었다.

그러기를 몇 년 후 〈부산큰솔나비〉 독서 모임을 알게 되고 나의 일방통행 책 읽기에 균열이 생기기 시작했다. 내 관심 영역 밖의 책들이 불쑥불쑥 튀어나온다. 《데미안》, 《왕비로 산다는 것》, 《삶의 길 흰 구름의 길》 등등. 당시만 해도 실리주의자인 나는 이런 책의 가치를 몰랐다. 그저 지루하고 따분한 책으로만 치부했다. 배려심 많은 회장님께서 하는 일도 연령층도 다양한 사람들의 의견을 모아 책 선정을 하다 보니 쏠림현상을 피할 수 있었으리라. 주먹구구식으로 책을 읽던 내게 '본깨적'이라는 독서법도 알려주시고, 책과 메모와 관련한 앱과 사용법도 여럿 가르쳐 주셨다.

이때까지만 해도 '읽을 책은 무조건 산다'가 원칙이었다. 서점이 있으면 되지 도서관이 왜 필요한지 의아해 할 정도였다. 맛있는 대목을 만나면 밑줄을 긋고 감상평도 몇 자 적어야 하니 당연히 그래야 했다. 이 시기까지 구입한 책이 6단 책장 4~5개가 된다. 물론 사고 읽지 못한 책도 제법 있다. 그런데 2~3년 전부터는 책을 사지

독서, 큰솔처럼

않는 것이 목표 아닌 목표가 되었다. 책장을 더 이상 늘리지 않기로 했다. 책을 한 권 사면 기존 것 중에 하나를 반드시 버리기로 한다. 쌓여가는 책도 문제지만 책값을 줄이는 것도 가정 경제에 도움이 되리라는 판단도 한몫했다. 혹자는 책값을 아끼지 말라고 하지만 원하기만 한다면 요즘같이 공짜로 책 읽기 좋은 세상도 없지 싶다. 필요한 대부분의 책은 시립도서관에 몇 권씩 쟁여져 있다. 내가 살고 있는 양산시 같은 경우 상호대차 시스템이 있어 시내 6개 시립도서관에 소장 중인 책을 우리 아파트 작은 도서관에서 받아볼 수 있다. 도서관에 미처 없는 신간은 동네서점 대출 시스템이 있다. 전국 서점에서 검색해 원하는 도서를 집 근처 서점으로 주문해 읽고 도서관으로 반납하면 된다. 책을 사지 않기로 작정하고 상호대차, 동네서점 대출 시스템을 알았을 때 이것은 신세계를 만난 기분이었다.

이렇게 책을 빌리게 되면 독서방식에 새로운 적응이 필요하다. 밑줄을 그을 수도 없고, 짧은 메모도 귀접기도 할 수 없다. 이가 없으면 잇몸으로. 빌린 책을 볼 때는 인덱스, 포스트잇, 노트, 노트북이나 태블릿 혹은 스마트폰과 포터블 키보드 등 본인의 스타일이나 장소에 알맞은 도구가 추가로 필요하다. 나 같은 경우 독서대에 책을 놓고, 휴대폰으로 네이버 메모장을 연다. 포터블 키보드까지 펼치면 책 읽기는 준비 완료다. 아, 습관적으로 한 가지 더 필요한 것은 아메리카노나 기타 음료 한 잔! 거의 빠지지 않는 아이템이다. 책을 읽다가 기억하고 싶거나 의문점이나 감흥이 느껴지는 대목은 그 페이지와 내용을 함께 발췌한다. 그리고 화살표를 하고 내 생각과 느낌을 적는다. 손으로 쓰는 펜글씨는 생각의 속도를 따라가지 못해 타이핑하는 것을 선호한다. 메모하는 것이 책 읽기의 흐름을 방해한다 싶을 때는 인덱스를 사용한다. 귀접기 대신 인상적인 부분마다 인덱스를 붙이고, 메모하고 싶은 곳은 포스트잇을 활용한다. 네이버 메모장에 정리는 나중에 한꺼번에 한다. 한 권을 이런 방식으로 메모하면서 다 읽고 나면 나만의 새로운 미니북이 생긴다. 정리된 메모를 다시 읽으면 빠른 시간에 책을 두 번 읽는 효과가 있다. 시간이 한참 흘러 책 제목을 보고 내가 읽기는 했던가 싶은 책도 제목이나 키워드로 검색하면 '나 여기 있지롱!' 하며 도깨비처럼 나타나는 매직도 경험한다. 이렇게 책 제목마다 정리된 메모는 나의 또 다른 디지털 서재가 된다.

어쨌거나 책의 중요성을 알고 책을 읽겠다는 목표가 명확하다면 실천을 위해 독서 모임에 참여할 것을 강력하게 권한다. 나약한 나의 의지를 믿기보다 환경의 힘을 이용하는 것이 성공 확률을 높인다는 것은 의심의 여지가 없다. 물론 자발에 의한 강제성이어야 한다. 책을 읽을 수밖에 없는 환경에 스스로를 밀어 넣는 노력은 내가 해야 한다. 처음에는 내가 팀원으로 참여하는 독서 모임에서,

1~2년 후부터는 내가 리더하는 독서 모임까지 최소한 2개 이상이면 더 좋겠다.

〈부산큰솔나비〉 독서 모임은 회원 수가 백 명이 넘는 꽤 큰 조직이다. 여기서 배운 노하우로 양산도서관 글쓰기 강좌에서 만난 멤버 세 명과 함께 〈와이에스나비〉라는 새로운 독서 모임을 만들었다. 그 전에 암웨이 사업을 통해 만난 멤버 세 명과는 〈소금북〉이라는 모임이 있다. 이렇게 총 세 개의 독서 모임에 참여하고 있다. 덕분에 새로운 독서법을 만나게 되었다. 병렬식 독서라고 동시에 세 권의 책을 읽는 것이다. 모두 2주에 한 번씩 하는 모임이지만 어쩌다 보면 같은 주에 세 개의 모임이 몰리기도 한다. 조금 버거운 감도 있지만 시간이 길다고 책이 잘 읽히는 것은 아니다. 대부분 마감 시간이 다가올 때 몰입도가 높아진다. 이때 조심해야 하는 것은 큰 조직에 참여하면 나의 참석 여부가 중요한 비중을 차지하지 않을 수 있다. 출석률을 높이기 위해 모임 내에 친한 사람을 만드는 것도 좋은 방법이다. 그러나 사람에 너무 매이면 안 된다. 예로 그 사람이 개인적인 사정으로 더 이상 모임에 참석하지 못할 때 나도 동기를 잃기 쉽다.

내가 참여하는 3개의 독서 모임은 색깔이 참 다르다. 〈부산큰솔나비〉는 규모가 크다 보니 모임 장소, 날짜, 시간, 선정 도서까지 6개월 전에 미리 정해져 있다. 성별, 나이, 직업 등이 다양한 참여회원을 아우를 수 있도록 책을 다 읽지 않아도 부담을 주지 않는다. 반면에 〈와이에스나비〉는 멤버들의 면면이 참 독특하고 개성이 강하다. 성향과 기질이 각양각색이라 처음에는 곧 파투 날 거라 했지만 3년째 이어가고 있다. 책을 다 읽지 못하고 참여한다는 건 거의 용납이 되지 않는다. 다방면으로 해박하고 독서력도 아주 강한 분들이라 내가 따라가기에 급급하다. 〈소금북〉은 책을 핑계로 친목 도모하는 느낌이 살짝 드는 모임이다. 세 그룹의 성격이 다 달라서 어느 것 하나 놓치고 싶지 않다. 지면의 한계로 장단점을 다 나열할 수는 없지만 할 수 있다면 성격이 다른 독서 모임 두 곳 이상에 참여할 것을 권한다.

선정된 책은 웬만하면 다 읽고 참석하려 애써야 한다. 부담을 주지 않기 위해 완독하지 않아도 된다고 배려해 주는 마음은 감사히 받되 처음부터 좋은 습관으로 출발하길 바란다. 어쩌다 한두 번은 그럴 수 있지만 자신도 모르게 미적지근한 책 읽기가 습관이 되어 버린다. 읽고 핵심 포인트를 3개 정도 잡고, 그에 대한 생각을 정리하는 정도는 하고 참석한다면 한 달, 두 달, 1년, 2년, 횟수를 더 하면서 반드시 발전이 있다.

독서, 큰솥처럼

내가 처음 독서 모임에 가입했을 때를 돌이켜보면, 책 읽는 데 매우 무관심했다. 책은 어릴 때 동화책을 많이 읽었다. 고등학교 이후로 제대로 읽어 본 적이 없다. 독서 모임에 참여하고 보니 어떻게 시작해야 할지 몰랐다. 선정 도서로 《본깨적》이라는 책을 읽었다. 독서 모임에서도 토론 방식이 '본깨적'으로 진행하고 있었다. '본깨적'이란 본 것, 깨달은 것, 적용할 것이라는 뜻이다. 본깨적을 하면 눈으로만 읽는 독서와 다르게 더 깊이 있게 볼 수 있는 장점이 있다. 본깨적으로 책을 읽다 보면 책이 더럽혀질 수밖에 없다. 독서 후의 정리를 위해 책에다가 밑줄치고 메모하는 작업을 많이 하기 때문이다. 눈으로만 독서하면 끝까지 완독해도 기억나는 게 별로 없었다. 앞부분만 기억나거나 주제를 파악하지 못하는 경우도 자주 있고 말이다. 반면에 '본깨적'으로 독서하고 나서는 책에서 말하고자 하는 것이 무엇인지 이해하는 것이 쉬워졌다. 내가 중요하다고 느낀 것들도 표시해 놓거나 메모해 놓았다. 그러다 보니 그 부분들을 다시 음미하며 생각을 정리하기도 더 편해졌다.

어느 순간 책 읽기가 싫어졌다. 원래 읽던 대로 본깨적을 하고 싶어도 글씨가 눈에 들어오지 않고 집중이 되지 않았다. 다음 독서 모임 책이 선정되어도 호기심을 가지고 책을 읽지 못했다. 모임 사이 2주 동안 독서를 해내야 한다는 의무감으로 읽어나갔다. 그런 경우가 쌓이다 보니 책과 멀리하게 되었다. 책 하나를 제대로 읽지 못하고 모임에 참석한 적도 많았다.

한 번은 책의 목차만 보고 내용은 읽지 않은 채로 독서 모임에 참여했었다. 양해를 구하고 같은 조 선배들의 의견만 듣고 느낀 걸 적은 때도 있었다. 의외로 독서에 재미가 없을 시기엔 이런 방법도 도움이 됐다. 선배들의 느낀 점과 책의 내용을 듣고 나서 흥미가 생겨 읽고 싶다는 생각이 든 적이 여러 번 있었다. 주변 사람들이 이 드라마를 처음부터 끝까지 정주행할지 말지 고민에 빠져 있을 때가 있다. 그때 주위 지인들의 추천을 듣게 되거나 영상으로 리뷰를 보고 나서 결정했던 경험이 있었을 것이다. '오 재밌겠는데?' 하면서 정주행을 시도하는 것과 같다. 선배들의 느낀 점을 들었을 때 독서 모임 당일에 선정 도서에 대한 내 생각을 얘기하지 못해 어색했었다. 나중에 늦게라도 읽어서 나만의 느낀 점과 생각, 지혜를 얻어갈 수 있었기에 오히려 도움이 되었다. 이 방법을 통해 크게 깨우쳤던 것이 있었다. 책 전체를 다 읽겠다는 강박을 가질 필요가 없다는 것이었다. 강박을 내려놓고 좋아하는 부분부터 읽다 보니 잠시 슬럼프를 이겨낼 수 있었다.

 개인적으로 항상 느끼지만 독서와 친해지는 건 정말 어려운 것 같다. 나에겐 독서장애가 자주 왔었기 때문이다. 최근에도 또다시 책을 내려놓은 적이 있다. 앉아서 책을 읽으려고 해도 조금만 읽으면 잠이 오거나 난독증처럼 글을 이어서 읽는 게 힘들었다. 그래서 고안한 방법이 책 하나를 지정해서 노트 한 장씩 필사하는 것이었다. 필사를 통해서 책을 계속 보는 습관을 이어 나가는 것이다. 노트 한 장 필사면 하루에 빠르면 이십 분 길면 삼십 분 정도 시간 안에 다 쓸 수 있다. 시간 소모가 크게 되지 않다 보니 피로도도 확실히 없었다. 오래 걸리지 않는 루틴이라는 것도 장점이 된다. 부담된다는 생각이 전혀 들지 않는다. 매일 한 장씩 쓰자는 하나의 일과처럼 행하다 보면 내 일상에 책이 스며든다. 필사를 며칠 이어가고 나서 다른 책을 다시 읽어 보려 했을 때 변화를 체감했다. 글이 전보다 눈에 잘 들어오고 집중이 잘 된다고 느꼈다. 필사할 때 중요하다고 생각하는 것 중 하나는 어떤 책을 정하느냐인 것 같다. 내 경험을 얘기하자면 당시에 필사했던 책 제목이 《왓칭, 신이 부리는 요술》이었다. 과학적인 실험을 근거로 자기 암시에 대한 심리적

효과를 주장하는 책이었다. 필사가 힘들어질 때 눈에 들어왔던 문구가 '과정을 바라보면 쉽게 달성된다'라는 것이었다. 큰 목표를 이루기 위해선 내 앞에 놓인 작은 목표나 성과들을 간절하게 바라보고 진심으로 행해야 한다는 내용이었다. '필사하면서 힘들더라도 내가 이걸 꾸준히 하면 성취감도 느끼고 독서도 다시 재미를 붙일 수 있을 거야'라는 생각을 하게 되었다. 그런 마음으로 필사를 우직하게 해나갔다. 필사를 시작했을 초기에는 요령이 없다 보니 책에 텍스트만 보고 이어서 쓰기만 했다. 문단 나눔이나 줄 나누기는 일조차 없었다. 장점이라 하자면 한 장 안에 들어가는 분량은 많았다. 한 장 쓰고 나면 보람찰 정도로 꽉 채워 넣었다. 단점은 다시 읽었을 때 구별이 없어서 글을 집중해서 읽기 쉽지 않았다. 내가 썼지만 낙서장 같아 보기 싫었다. 피드백 후에는 종이책과 구성이나 문단을 비슷하게 글을 썼다. 문단이 시작하는 부분이라든지, 여백 같은 부분들도 말이다. 그런 식으로 필사하면 내가 이 책을 직접 쓰고 있다는 기분이 든다. 내가 매일 필사를 하고 있다는 성취감이 컸다. 더욱이나 작가가 되어서 글쓰기를 하는 듯한 경험까지 선물 받는 것 같았다. 필사하다 보면 글자 하나에 집중해서 쓰게 된다. 문장이 어디서 이어지는지 앞서 무슨 얘기를 했고 앞으로 무슨 얘기를 할 것인지가 어느 정도 파악이 된다.

앞서 독서장애를 겪었을 때 어떻게 이겨냈는지 내 작은 경험을 토대로 썼다. 독서하기 시작하신 분들이라면'본깨적' 책 읽기를 추천한다. 독서하는 방법에는 정답이 없다. 저자가 쓴 내용 그대로 한몸이 되어 흡수하는 방법도 있다. 책에서 감명 깊었던 내용이나 깨달은 것들을 내 것으로 '체화'한다면 더 좋겠다. 본깨적 독서는 책을 이해하기 쉽다. 나를 이해하는 데 도움이 된다. 내가 어떤 생각을 하는지, 내가 어떤 것을 중요시 느끼는지, 어느 순간에 감정을 느끼는지를 거울처럼 비출 수 있게 된다. 본깨적으로 책 읽기가 익숙해지면 내가 필요한 부분만 골라볼 수 있는 지혜와 안목이 생긴다. 효율적인 독서가 가능해진다.

나에게 제일 도움이 됐던 방법을 골라보라고 한다면 필사였다. 필사하면서 글을 집중적으로 읽는다는 느낌을 깨달았다. 덩달아 내 일상생활에 책이라는 것을 스며들게 했다는 점에서도 좋았다. 물론 나도 책 읽기에 미숙한 사람이라 이런 방법이 맞으니 따라 하라고 권유할 수는 없다. 책을 읽는 이유는 서로 나누기 위해서라고 생각한다. 이 책을 읽고 있는 독자분들이 독서에 어려움을 느끼거나 관심이 생겼다면 도움이 되길 바란다. 내가 말했던 경험들이 독서를 이어 나가는 데 조금이라도 보탬이 된다면 더 바랄 게 없겠다.

나만의 최고 독서법을 찾아서
(조은경)

요즘 많은 일을 시작하면서 수많은 감정이 내 마음속에서 태풍처럼 돌아다니고 있다. 이 감정의 태풍에 휩쓸리지 않기 위해 명상하고, 마음공부를 하며, 책을 읽고 글 쓰는 방법을 배우며 깨달음을 얻고 있다.

어떤 일을 잘하는 사람을 보면, 그들이 단지 재능만 있는 것이 아니라, 다양한 감정을 겪으며 자신에게 수없이 질문하고 답해 온 흔적이 보인다.

책 속에는 정해진 길이 없다. 책에는 그저 저자만의 길이 있을 뿐이다. 자신의 길은 오직 자신만의 것이다. 책을 읽는 목표를 분명히 하고, 그 목표를 향해 읽고 써 나가면 책은 내 것이 된다. 단지 읽기만 한다면 책 속에 남는 것은 작가뿐이지만, 책을 읽고 내 생각을 덧붙여 다시 써보면 그 책은 비로소 내 것이 된다.

취미가 많은 나에게 하루 24시간은 언제나 너무 부족하다. 그래서 다양한 분야의 책을 조금 더 효율적으로 읽을 방법이 없을까 고민해 보았다. 지금 내가 실천하고 있는 독서 노하우를 소개하려 한다.

첫 번째 독서 노하우는 '목표와 함께 읽기'이다. 책을 읽는 목표를 유지하기 위해, 단단한 책갈피에 나의 목표를 적어 한 장 넘길 때마다 끼워 넣어 함께 읽는다. 두 번째는 '목차와 나를 내려놓기'이다. 책을 읽기 전에 목차를 먼저 살펴보고 내용을 상상해 보며, 한 번에 다 읽어야 한다는 부담을 내려놓는다.

세 번째는 '한 번 훑기'이다. 빠르게 읽어 나가면서, 다시 읽어야 할 부분이나 중요한 부분에 밑줄을 긋는다. 네 번째는 '내 인생에 적용하기'다. 책을 다 읽은 후, 목차를 머릿속으로 다시 떠올리며 내 과거의 생각과 읽고 난 후의 생각을 비교해 본다. 다섯 번째는 '깊이 생각해 보기'이다. 밑줄 친 부분을 다시 읽으면서, 신이 볼 음악을 틀고 명상하듯 깊이 생각해 본다.

이렇게 나만의 독서법을 통해 책을 더 깊이, 그리고 나에게 맞게 소화하려고 노력하고 있다.

고등학생 시절, 책 대여점이 유행하던 때가 있었다. 쉬는 시간마다 학교에서 소설책을 빌려 읽곤 했다. 그날따라 교양 과목 수업이 지루해서 소설책을 몰래 꺼내 들었다. 두 권의 책을 겹쳐서 읽고 있었는데, 어떻게 알았는지 선생님이 내 자리로 다가와 막대기로 소설책을 머리 위로 들어 올려 가져갔다. 수업이 끝난 후, 선생님께 어떻게 알았는지 여쭤보니, 눈동자의 움직임을 보고 알았다고 하셨다.

그 일이 있고 일주일 후, 아버지가 CD로 된 '속독법'이라는 상품을 한가득 들고 오셨다. 그 속에는 눈동자를 굴려 원 모양으로 읽기, X자 모양으로 읽기, 대각선으로 읽기, 물결 모양으로 읽기 등 책을 빠르게 읽는 다양한 방법들이 담겨 있었다. 나는 '세상에 이런 것도 있구나!' 하고 놀랐다. 책의 난이도는 우리가 조절할 수 없지만, 책을 읽는 속도는 연습을 통해 얼마든지 빨라질 수 있다는 깨달음을 얻게 되었다.

큰솔나비 회원분들과 자연스럽게 책을 읽는 노하우를 자주 이야기하게 되는데 관련 책을 여러 개 펼쳐놓고 같이 읽는 방식, 위로 쌓아놓고 다독하는 방식, 목차를 보고 읽고 싶은 부분만 읽는 방식 등 책 읽기 노하우 대한 이야기를 하다 보면 시간 가는 줄 모른다.

종이책이 가지는 의미는 남다르다. 주도적으로 읽어 나간다. 속도 조절이 가능하다. 책과 토론하는 것이다. 책 모임에서 가장 많이 느낀 것이 책은 지식을 배울 수 있다고만 생각했던 것과 달리 내 생각이 더 중요하다는 것을 알았다. 단순한 정보 전달을 넘어서 나의 사고방식과 인생의 방향이 서서히 바뀌고 있는 것을 느끼고 있다. 나의 메시지를 찾으려고 노력한다.

　독서 모임에 참여한 지 1년도 안 되었지만, 인생 책이 벌써 생겼다. 책은 우리에게 새로운 세계를 열어줄 수 있는 마법 같은 존재이다. 책에는 현실에서 경험할 수 없는 모험을 떠날 수 있고, 새로운 아이디어와 지식을 얻을 수 있다. 또한 우리에게 새로운 세계를 보여준다. 책을 읽으면서 다양한 이야기들을 만나게 된다. 그 안에는 다양한 사상, 문화, 역사, 인간관계에 대한 통찰이 담겨 있다. 책을 통해 우리는 다른 사람의 시선을 바라볼 수 있고 새로운 시야를 얻게 된다. 새로운 시야를 얻게 되면 새로운 세계를 발견하게 되고 지식과 인식이 넓어진다.

　책은 다른 사람들의 경험과 지식을 공유받을 수 있다. 작가의 생각과 감정이 담겨 있어서, 그들의 세계에 초대받는다. 이를 통해 우리는 자신의 세계에 대한 이해를 넓히게 되고 새로운 관점을 얻을 수 있다. 책은 지식과 지혜를 전달해 주는 보물 상자이고 새로운 경험과 모험을 안겨 주는 열쇠이다. 그러니 책을 통해 계속해서 새로운 세계를 탐험하고, 발견하며, 이해해야 한다. 그리고 그것이 우리의 삶을 더욱 풍요롭고 의미 있게 만들어 줄 것이라고 확신한다.

부산큰솔나비

나로부터 비롯되는 선한영향력

4장

공부해서
남을 주자

4-1

말이 씨가 되고 큰 나무가 될 책 박수
(강준이)

　〈부산큰솔나비〉 독서 모임 프로그램 마지막 순서는 책 박수이다. "공부해서 남을 주자"를 처음엔 한 자를 합창하고 박수 한 번, 두 번째는 한 단어를 다 같이 큰소리로 외치고 박수한 단어 숫자만큼, 다음은 전체 문장을 외치고 문장 글자 수에 맞게 손뼉을 친다. 공부해서 내 것으로 만들기도 벅찬데 어떻게 남을 주지! 매번 참석하여 손뼉을 치면서 드는 생각이다. 솔선수범하는 선배들은 자기가 배운 지식을 아낌없이 나누어 주는 것이 부럽다. 나는 항상 도움을 받는 입장이어서 책 손뼉을 칠 때마다 생각한다. '나도 공부해서 남을 줄 수 있을까?'

　〈부산큰솔나비〉 독서 모임에서는 자기의 축적된 지식 노하우를 모임회원들에게 나눔 행사인 부산큰솔 아카데미 프로그램도 있다. 선배들은 봉사의 마음으로 강의 시간을 내어 자신의 전문지식을 베풀어 주는 것이다. 나를 포함한 선배님이 받은 혜택은 여러 가지다. 아이패드 사용법, 경제 공부, 투자 공부, 블로그 작성,

책 쓰기, 망고보드, 정리 수납, 그리고 생활의 지혜 등등 많은 것들을 지도받았다.

　나는 무엇을 줄 수 있을까? 지금까지 남에게 무엇을 주었을까? 또한 앞으로 무엇을 줄 수 있을까? 지금 독서 모임에서 진행하는 〈글센티브 글쓰기 교실〉에서 공저를 진행하고 있다. 물론 나도 참여 중이다. 수업을 들으며 배운 내용을 떠올리며 글을 쓰고 있지만 쉽지 않다. 〈부산큰솔나비〉 회장 부부 선배는 많은 것을 먼저 배우고 익혀서 회원들에게 지식을 나눈다. 새벽 5시에 진행되는 〈아주특별한아침〉 줌 프로그램도 진행하고 있다. 나도 참여하였다. 선배 중에 빠지지 않고 참여하여 글 쓰는 습관을 유지하는 선배가 있었다. K 선배는 〈거인의 어깨〉 365일 쓰기를 완성하였다. 그것도 만년필로 정성스럽게 작성하여 매일 쓴 글을 게시하였다. 나는 매일 아침 그 글을 읽으며 서서히 같이 하고 싶은 마음이 생겼다. 이렇듯 선배들은 경험해 보고 좋은 것을 공유하고, 나눈다.

　나는 무엇을 나누었는지 시간을 돌아보았다. 간호사로 40여 년을 근무하면서 동료들에게 책을 같이 읽자고 권유한 것이 있었다. 독서 모임에 참석을 권유하면 부담이 될까 조심스러웠지만…. 그럼에도 같이 독서 모임에 동참하는 동료가 생겨서 기뻤다. 참여하고 싶지만, 독서 모임에 참여하기 어려운 근무 환경의 간호사들에게 는 읽고 싶은 책을 알아보고, 선물했다. 24시간 3교대로 일하는 간 호사들은 근무가 불규칙하기에 독서 모임에 참여하고 싶어도 못 하는 경우가 있다. "그래도 선생님이 사주시는 책은 읽어요!"라는 말을 들을 때는 나도 모르게 마음이 가벼워진다. 이런 대답에 힘 을 얻어 직장 동료들에게 책 선물을 하였다. 내가 읽어 보고 마음 을 움직인 책들은 의견을 물어보지 않고 그냥 선물하기도 했다.

2년 전 시작한 PT를 규칙적으로 하면서 얻은 좋아진 건강 경험 을 대화방에 올렸다. 의견을 물어보는 선배께 운동을 강력히 추천 했다. 얼마 후 운동을 시작한 선배들의 반응도 좋아서 나도 덩달 아 기뻤다. 이러한 소소한 것도 공부해서 남에게 전달하는 것이 곧 주는 것이 아닐까? 작년 연말에는 J 선배님이 두유 제조기로 직 접 두유를 만들어 마시면서 가족의 건강이 좋아졌다고 했다. 그리 고 본인의 모발 건강이 좋아졌다고 했다. 그래서 선배 여럿이 두유 제조기를 저렴하게 구입하였다. 우리들은 매일 건강하고 맛있는 두유를 새벽에 만들어 마시며 흡족해하고 있다며 만나면 대화가 풍성해진다.

이렇듯 일상에서 공부해서 남을 주자는 구호를 〈부산큰솔나비〉 독서 모임에서 실천하는 선배들이 많다. 나도 느리게 아장아장 아 기처럼 따라가며 노력 중이다.

독서, 큰솔처럼

2024년 일 년 동안 공로 연수 중이다. 올해 말이면 정년퇴직이다. 인생 6학년이 되었다. 내가 태어나던 60년대에는 성대하게 환갑을 치르는 마을 잔치가 많았다. 지금은 환갑을 청춘이라고 말한다. 지금 내가 "공부해서 남을 주자" 구호에 맞는 것을 하려면 무엇을 하면 좋을까? 어떤 것을 공부해서 남을 줄까? 하는 고민은 참 행복한 일이다. 행복하게 고민하다가 챗봇에 질문해 보았다. 챗봇의 답은 명쾌했다. 강의 및 워크숍, 글쓰기 및 출판, 온라인 콘텐츠, 교육 자료 제작, 멘토링 및 개인교습, 인스타그램 활용 등등의 답을 시원하게 해준다. 생활하면서 자신도 모르게 "공부해서 남을 주자"를 실천하는 사람이 많을 것이다. 또한 남에게서 받는 것도 많을 것이다. 유익한 책을 읽고 실천하는 것도 한 방법이다. 규칙적인 운동도 마찬가지로 공부하여 나에게 주는 것일 터! 운동과 독서를 하며 남이 아닌 나에게 많이 주다 보면 궁극에서는 남에게 줄 수 있는 위치에 서게 된다고 믿고 있다. 긍정적인 책을 통해서 항상 긍정적이고 밝은 모습을 보이는 것! 그래서 모임에 참여한 선배들이 본받고 싶은 사람이 되는 것! 몸과 마음이 건강하여 항상 미소 짓는 것! 이 모든 것이 작은 것 같지만 큰 것이다. 그리고 가장 소중한 것이다. 선한 영향력으로 똘똘 뭉친 선배들과 함께하는 독서 모임에서 공부하여 우선 나에게 주는 것을 실천하는 것이 즐겁다. 공부해서 내게 주자! 내게 주면 공부해서 남에게 잘 줄 수 있다.

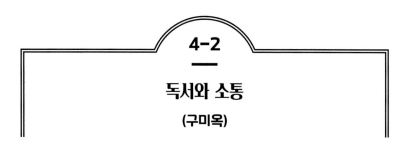

4-2

독서와 소통
(구미옥)

남편과의 결혼 당시 난 도시처녀였고 남편은 함양 지리산 자락 서부 경남 보수적인 집안 시골 사람이었다. 당시 두 오빠는 술, 담배도 많이 하고 부모님의 속을 썩인 아들들이었다. 남편은 성실함과 지성을 갖춘 청년이었다. 내 눈에 안경이라 오빠들과는 달라 좋아 보였다. 특히 책을 늘 끼고 다니는 모습이 보기 좋았다. 부모님과 오빠들의 반대를 뿌리치고 결혼했다. 친한 친구들의 신혼집들은 대개 시내에 위치했다. 난 변두리 공항 가까운 이층집 단독주택 전세방에 살았다.

신혼집에 남편은 대학 시절 모아온 책들을 몇 박스나 갖고 왔다. 귀한 책들도 많이 있었던 것 같다. 작은딸 돌이 막 지난 후 남편 직장을 따라 리비아 트리폴리에서 해외 생활을 하게 되었다. 특히 혼자서 외출이 쉽지 않은 리비아 해외 생활은 집에 있는 시간이 많은 내가 다시 책을 읽는 계기가 되었다. 읽을 종류가 다양하지 않았던 리비아에서 내가 독서하는 모습은 애들이 성장해서 독서하

독서, 큰솥처럼

는 모습에 영향을 주었던 것 같다. 나의 제일 친한 서울 사는 친구가 "네가 공부를 잘할 수 있는 계기가 무엇이니?" 하고 언젠가 큰 딸에게 질문했다. 딸은 "독서"라고, 어릴 적부터 엄마, 아빠가 책 읽는 모습을 많이 보았다고 답했다.

남편은 두 번째 부임지 싱가포르에서 승진이 계속 밀렸다. 회사 생활이 힘든지 남편 책을 읽는 모습을 보기 어려웠다. 재직하며 중국 투자로 전 재산, 퇴직금도 다 공중으로 분해되었다. 재산 정리 하며 작은 집으로 이사 오면서 오래된 책 반 이상을 버렸다. 언젠 가부터 남편은 책을 읽지 않고 스마트폰만 보고 산다. 도서관에 가자고 권해도 힘들다고 가지 않는다. 나는 파도처럼 밀려오는 인공지능(AI)에 대응하고 나 자신을 성찰하기 위해 노년의 풍요로운 삶을 독서로 채우고 싶다.

20년 전 남편의 사업 실패로 전 재산을 잃은 뒤 지금까지 고통을 당하고 있다. 결혼 후 크게 풍족한 살림은 아니었지만 애들 교육하고 내가 좋아하는 운동을 할 수 있는 정도 경제력은 있었다. 시골에서 자란 남편은 항상 본가를 생각하고 금전적으로 보조했다. 난 우리 살림도 만만치 않은데 큰집까지 신경 써야 하나? 늘 불만이었다.

1998년 싱가포르에서 귀국했다. 애들은 당시 중3, 초등 6학년이었다. 싱가포르에서 큰애는 영국 중학교를, 작은애는 일반 국제학교를 다녔다. 회사에서 학비를 50% 후원했고 나머지 50%는 우리가 지불했다. 귀국 후 삶도 생각해야 했기 때문에 명품 백 하나 못 사고 귀국했다. 작은애 국제학교는 다양한 국가에서 온 학생들이 많아서 자기 나라 홍보하는 축제가 1년에 한 번 열렸다. 우리나라 부스에는 불고기, 김치, 잡채 등 한국 고유의 음식도 준비한 시식 코너도 있었고 강강술래 춤을 추며 한국의 문화를 알렸다.

남편의 해외 주재 시에도 난 늘 주변 사람들과 어울려 한국인학교, 국제학교 봉사도 했다. 미래를 위해 늘 정보를 수집했고 영어 공부를 게을리하지 않았다. 늘 도전하는 삶을 살았기에 귀국 후 45세라는 나이에 외국계 회사에 경력 단절을 딛고 입사, 평생교육의 모델이 되었다.

2007년 남편이 우리 전 재산을 중국 사업에 날렸다. 노후가 걱정되었다. 노후 걱정을 해결하기 위해 부동산공인중개사 시험 도전, 꿈을 이루었다. 일을 하면서 계약이 되면 기쁘고 안 되면 힘들고 하는 롤러코스터 같은 부동산 중개인의 삶은 갈수록 힘들었다. 힘든 부동산 현실에 부닥친 나는 어떻게 해야 하나 머리로만 궁리하고 고민하면서 밤을 새웠다. 나는 누구지? 앞으로 난 어떻게 하면 내가 만족하는 삶을 살 수 있을까? 그런 생각이 들수록 책을 가까이했다. 도서관에 가서 책을 읽었다. 글쓰기는 방법을 배우면서 조금씩 글쓰기도 시작했다. 한 자 한 자 백지 공백을 채울 때나 자신을 관조, 집중하는 모습을 보게 되었다. 시간 가는 줄 몰랐다. 절하면서 느끼는 나를 바로 보는 느낌이었다. 기도는 글쓰기, 글쓰기는 수행이라고 했다. 육십 평생 사는 동안 늘 나를 찾기 위해 노력, 기도했던 시간이 글쓰기랑 융합되었다. 글쓰기는 독서와 병행해야 한다고 한다. 하루 10분이라도 책을 읽고 자신을 알아가고 세상을 알아가는 방법이다. 왜냐하면 책을 읽지 않으면 사는 대로 살게 된다고 한다.

숙명이란 태어나면서부터 이미 자기의 인생은 속세의 업으로 인해서 정해져 있기에 어떻게 해서든 바꿀 수가 없다고 한다. 운명은 인생을 자기가 운전해 간다고 한다. 자기 삶의 상태나 수준에 따라 방향과 열정은 자기의 인생이 달라진다고 한다. 나의 미래, 나의 운명을 세상의 모든 이치가 들어 있는 책을 통해, 나를 발전, 수행하게 하는 나를 바로 볼 수 있는 글쓰기와 독서를 통해 인생 3막을 열고 싶다. 머리로만 생각하고 책을 멀리하고 살았을 때는 희망도 없고 불안, 초조하게 살았다. 하지만 독서를 통해 가치관을 새롭게 정리하고 다양한 분야의 지식도 접할 수 있고 문제해결 능력에 도움을 주는 것 같다.

4-3
다시 초심으로
(권은주)

여러 책 중, 내 삶의 변화에 가장 영향을 많이 준 책은 문요한 작가의 《오티움》이다. 오티움은 '여가'라는 뜻으로 '내적 기쁨을 주는 능동적 여가 활동'을 말한다. 나답게 사는 것은 무엇인가? 책에서는 여가 시간이야말로 행복, 기쁨, 창조성, 몰입, 알아차림, 자존감 등 수많은 긍정적 심리자원을 길러내는 삶의 터전이라고 했다. '해봐야지 아나?'라고 수동적인 생각에서 '모든 것은 배울 점이 있고 그 가치와 의미가 있다'는 것을 알게 되면서 독서에만 머물렀던 간접 경험을 능동적으로 실천하는 기회를 넓혀갔다.

평범한 오티움 중 하나는 꽃과 화초를 가꾸는 일이다. 꽃과 화초를 돌보고 세심하게 관찰하다 보면 사람처럼 컨디션을 알아차릴 수 있다. 돌보지 못할 때는 여지 없이 시드는데, 화초들 역시 "은주, 네 삶도 돌보지 못하고 있는 것은 아니니?"라고 말을 거는 것 같다. 그러면 늦게라도 알아차리고 정신없이 지내왔던 일상을 되

독서, 큰솥처럼

돌아보는 시간을 가진다. 차 한잔 마시며 인생의 속도를 조금 늦춰 보는 것이다. 찻잔에 또르르 떨어지는 물소리는 폭포수처럼 청량하고, 맑은 차의 향기는 흐트러진 정신을 깨운다. 일상 속 평범한 일인 것 같지만 알아차림의 소중한 도구이다. 집에는 남편 친구가 10년 전에 선물한 작은 어항이 하나 있다. 아이들 어렸을 때 잠시 키우다 어항 관리가 어려워 접었는데, 둘째 녀석이 물고기를 기르고 싶다 해서 구피 몇 마리로 다시 시작했다. 어느 날 배가 볼록해진 어미 구피가 곧 출산이 임박한 듯 보였다. 구피는 치어를 잡아먹는다고 하여 서둘러 어미 구피를 분리하고 분만실을 꾸며 주었다. 유난스럽기도 했지만, 치어를 받기 위해 애태웠던 순간들은 탄생의 기쁨과 생명의 소중함을 느낄 수 있는 소중한 경험이었다.

손재주가 없는 나에게 친구 K가 목도리를 손수 떠서 만들어 보자고 제안하였다. 중학교 가정 시간에 실습해 본 것이 전부인 내가 할 수 있을까? 고민했지만 일단 도전해 보기로 했다. 우선, 손뜨개를 하기 위해서는 인내심이 필요했다. 한 번 배운다고 할 수 있는 것이 아니었기에. 다행히 선생님은 학생들이 포기하기 전까지는 절대 포기하지 않는 끈기를 보여 주었지만, 나는 씨실과 날실이 교차하는 시간이 지루하고 견디기 힘들었다. 뜨고, 풀고를 반복하며 결국 자기 자신과의 싸움이라는 것을 깨달았다. 부끄럽지만 인고의 시간 없이 빠른 성공을 얻고자 했던 얄팍한 마음을 알아차릴 수 있었다. 또 하나의 교훈은 실수를 빠르게 인정하고 고쳐야 한다는 것이다. 한 코 잘못 뜬 것을 알면서도 '괜찮겠지' 싶어 계속 떠올린 적이 있었다. 하지만 시간이 지날수록 틀어진 모양은 눈에 띄게 표가 났고 결국 실수한 부분까지 다시 풀게 되어 더 큰 낭패를 보았다. 잘못을 인정하는 것은 쉽지 않지만, 손뜨개를 하면서 체득하게 되었다. 이렇게 한 올 한 올 정성 들여 떠올린 니트와 카디건이 완성되는 순간, 세상에 하나뿐인 나만의 맞춤옷이 탄생했다. 경제적인 면이나 효율성을 따지면 사는 옷이 훨씬 더 나을 수도 있지만 직접 옷을 지어 본 사람만이 느낄 수 있는 특별한 성취감이 있다. 그리고 따뜻하게 나를 감싸는 그 포근함은 생각보다 근사하다.

1년 전 남편과 시작한 골프는 우리 부부의 생활에 많은 변화를 불러왔다. 남편과 함께 레슨 가는 길은 결혼 전 데이트 시절처럼 설레었고, 남편의 샷을 보고 있노라면 제법 멋져 보였다. 남편 역시 골프를 처음 배우는 나를 위해 다정하게 포즈도 교정해 주고, 이것저것 챙겨 주면서 친밀도도 올라갔다. 남편은 매일 연습장을 찾아 실력이 일취월장했지만 나는 진도가 나갈 때마다 여기저기 생기는 근육통으로 통증에 시달렸다. '내 돈 주고 내 시간 쓰면서 아프기까지 해야 하나?'라는 마음도 올라왔지만 포기하지 않고 수

독서, 큰솔처럼

행하듯 연습을 이어갔다. '떨어지는 낙숫물이 언젠가 바위를 뚫듯이 언젠가 고수가 되리라' 기대하며. 남편은 생각보다 더 크게 골프 매력에 빠졌다. 큰아들 입대가 다가오고 있는 어느 날 두 아들을 데리고 베트남으로 골프 여행을 가자고 했다. 설마, 했는데 겨울 방학 동안 아이들은 레슨을 받았고, 방학 마지막 날 우리는 베트남 하노이로 떠나는 비행기를 탔다. 사내 녀석들이라 그런지 두 달 정도만 연습했는데도 비거리는 엄마보다 나았다. 3일간 여유롭게 펼쳐진 필드에서 힘차게 공을 띄우는 남편과 아들을 바라보고 있으니 그동안 참 열심히 살았다는 생각에 뿌듯한 마음과 남편에게 고마운 마음이 들었다. 오직 경험해 본 사람만이 느낄 수 있는 오티움의 힘이다.

나는 다양한 오티움을 경험하며 살아 숨 쉬는 지혜를 배웠다. 하지만, 작용이 있으면 반작용도 있는 법! 여러 가지 오티움을 하다 보니 오히려 독서 시간이 줄게 되었다. 좋은 양서를 읽고 나 자신을 계속 성장시켜야 하는데, 시간이 없다는 핑계로 독서를 멀리하게 된 것이다. 만사가 귀찮고 '하면 뭐가 달라져?'라는 부정적인 생각이 스멀스멀 올라왔다. 이것저것 신경 써야 할 일에 마음도 무겁고, 무기력해져 삶의 나침판은 방향을 잃고 어디로 가는지 모르게 흔들리고 있었다. '어떻게 가꿔온 삶인데, 이렇게 내버려 둘 수 없어!' 밀려오는 불안감에 정신을 차리려 애써 보지만 삶의 주인인 자리를 지키는 일은 쉽지 않았다. 분명 오티움을 통해 삶이 풍요로워졌다고 느꼈는데, 독서 없는 오티움은 사상누각이었던 것일까? 6년간의 독서 활동을 뒤돌아보면 속상하고 힘든 일 속에서도 매 순간 책을 놓지 않았다. 그 이유는 독서를 통해 삶의 방향을 찾았고, 불행에서 벗어날 수 있었으며, 함께 하는 선배들로부터 많은 격려를 받았기 때문이다. 책을 읽고 실천하는 삶이 인생의 주인이 되는 가장 빠른 지름길이다. 마음을 가다듬고 다시 책을 읽는다. 어떠한 상황 속에서도 행복한 길을 선택할 수 있는 내가 될 수 있도록, 초심으로 돌아가도록.

독서, 큰솥처럼

행동하자! 꾸준히 반복만이 힘이다
(문미옥)

독서 모임에서 '배워서 남을 주자', '선한 영향력'이라는 말을 자주 한다. 선한 영향력! 무릎을 '탁' 쳤다. 나의 직업은 미래 자양분이 될 뿌리를 단단하게 하고 사회성 독서, 인성 교육을 실천하는 곳이다. 교실 속에서 실천하며 성장하는 모습을 보여주는 아이들이 있는 곳, 유치원 교사라는 직업이 자랑스럽다. 긍정성과 자존감을 높이기 위해 언어를 조심하며, 칭찬과 격려를 아끼지 않는다. 고정된 관념으로 판단하지 않고 가정환경과 여러 상황을 고려하여 아이들의 행동을 바라본다. 아이들이 훗날 '가장 고마운 선생님은 유치원 선생님', '원장님은 언제나 친절한 제2의 엄마'가 내가 듣고 싶은 말이다.

책의 중요성은 누구나 알고 있다. 대학원 수업 중 그림책이 주는 감성, 메시지, 교훈 등 여러 가지를 배우고 접목하면서 그림책의 묘한 매력에 빠졌다. 그림책 선정과 글밥을 고려하여 더 즐거운 독서 환경을 만들기 위해 노력했다. 책을 좋아하는 환경을 만들기 위해서는 반복적인 책 읽기 습관이 밑바탕이 되어야 한다는 말을 듣고 "이거야!"라고, 외쳤던 기억이 오래전이다. 무슨 일이든 잘하기 위해서는 반복이 필요하다. 처음부터 잘할 수 없다. 반복하다 보면 조금씩 익숙해지듯이 아이들에게도 매일 책 읽기를 독려하고 있다. 습관을 만들기 위해서 부모님께 독서 통장 기록하기를 시작한 지도 20년이 지났다. 아이들의 책 읽기 습관 정착과 사고력, 어휘력, 창의력에 도움이 되는 것은 너무나 당연한 결과이다.

이렇듯 우리가 살면서 무엇인가를 잘하려고 하면 반복하는 습관이 너무나도 중요하기에 나도 책을 읽고 쓰는 습관을 정착하기 위해 〈글센티브책쓰기〉 강의를 신청했다. 글을 잘 쓰고 싶다는 욕심에 시작했지만, 수업을 빼먹기 일쑤였다. 겹치는 행사에 녹초가 되어 강의를 들을 여력이 없었다. 그럼에도 강의자료 PPT와 단체 대화방에 올라오는 글은 수업에 참여하지 못한 나를 반성하고, 또 새롭게 독려하는 마중물임에는 틀림이 없다. 단체 대화방에 올라오는 글과 함께 배우는 선배들이 성장해 가는 모습을 보면서 마음을 다잡는다. 시원해지면 시작하리라.

그리고 치열하게 살아온 나의 인생, 삶, 굽이굽이 인생살이가 왜 이리 어려운 것인지 어찌 살아야 잘 사는 것인지 무엇이 정답인지도 모른 채 그냥 열심히 최선을 다해 살았다. 그리고 내 옆에서 나의 아들들이 나와 똑같은 모습으로 최선을 다해 살아가는 모습을 보며 인생이 이런 거란 생각이 문득 들었다. 나이가 들어 모든 것을 내려놓고 작은 것들이 감사함으로 다가올 때 그때 비로소 내가 보이고 남이 보이고 나의 인생이 보이는 것 같다고… 내 인생에는 여러 명의 멘토가 있다. 그들로 인해 내 인생이 바뀌었고 성장했으며 단단해졌다.

소극적이고 내성적인 소녀에서 지금의 적극적인 사람으로 성장한 계기가 된 친구가 있다. 중학교 시절 나에게 다가와 준 경화라는 친구다. 공부하는 방법도 알려주고 내성적인 나에게 힘이 되어주었고, 친구가 되어 주었다. 함께 공부하며 웃던 친구가 보고 싶다. 나를 이만큼 성장하게 만든 일등 공신, 친구가 생각날 때마다 주어진 모든 상황을 감사의 마음으로 받아들인다. 나도 누군가에게 경화 같은 친구가 되고 싶었다. 친구의 영향을 받아 동종업계 지인에게도 좋은 정보를 아낌없이 나누어 주고 있다. 그분들과는 30년 지기 친구가 되었다.

그다음에는 결혼하여 나에게 유치원 교사의 길을 걷게 해준 시댁이다. 살면서 이런저런 우여곡절은 상쇄되고 희석되어 언제나 함께하는 가족으로 나에게 주체성과 독립적인 인생을 살 수 있도록 기회를 준 일, 나의 적성과 성향, 주변 사람들의 도움으로 여기까지 올 수 있어서 정말 감사하다.

아이들을 위해 지식, 성실, 사랑을 적용하고 이러한 가치를 유아교육에 접목하고 실행했다. 아이들이 회복력 있는 사람으로 성장할 수 있도록 노력했던 그 시기에도, 주변 사람들의 긍정적인 영향은 나에게 책 읽는 습관을 심어주었다. 돌이켜보면 인생에서 성취한 모든 것은 단지 내가 한 일이 아니라 많은 사람의 도움이 있었기에 가능했다. 내가 만난 사람들의 따뜻함, 관대함, 적극적인 정신은 나를 성장하게 했고, 삶을 풍요롭게 만들어 주었다. 감사할 따름이다.

4-5
—
제2 인생은 돕는 삶을 살고 싶다
(안현정)

　언젠가는 나도 생활이 안정되고 돈을 많이 벌어서 여유가 생기면 다른 사람을 위해 기부도 하고 물질적 나눔을 할 수 있었으면 좋겠다는 막연한 생각을 하며 살아왔다. 특별하게 다른 사람을 돕고 나눌 재능이 없다는 한탄만 하면서, 기부는 나와는 다른 세상 이야기라 생각하면서 말이다. 〈부산큰솔나비〉를 알게 되고 독서 모임에 참석하게 되면서 가까운 곳에서 자신의 재능이나 전문 지식을 활용하여 도움이 필요한 사람들을 돕는 정인구, 강지원 선배를 알게 되었다. 독서 모임을 통해 사람들과 함께 책을 읽고 토론하는 자리를 마련해 주신 귀한 분들이다. 읽은 책을 통해 다양한 관점을 접하고 나눔을 통해 실천하기 위해 노력한다. 독서로 얻은 지식을 바탕으로 건강, 경제, 최신 트렌드 등 많은 정보를 나누고 실천할 방법을 공유한다. 〈아주 특별한 아침〉 모임을 같이 하며, 매일 빠지지 않고 습관을 만들어 가기 위해 새벽 5시 온라인 영상을 준비하고 확언문을 낭독하며 하루를 시작하는 선배들의 성장과 발전이 눈에 보인다. 이 모든 과정을 준비하고 관리하는 회장님의 정성과 열정은 감히 흉내 내기 힘든 영역이다. 나의 경우는 '남을 위해 무엇을 해줄 때는 무엇을 받을 수 있을까?' 하는 생각이 앞서 있었다. 주고받는 것에 익숙한 삶을 살아왔기 때문이다. 성공, 명예, 소속감, 존경 등 각자에게 살아가는 인생의 목적이 다르다. "무엇을 할 때 행복합니까?"하는 질문을 했을 때 많은 사람이 남을 도우며 베푸는 삶이 최고의 보람과 즐거움을 준다고 한다. 평범한 직장인으로 살아온 나는 특별히 흥미롭고 보람된 일 없이 지금껏 살아왔다. 머지않아 은퇴를 앞두고 있다. 은퇴 후 할 일과 할 수 있는 일을 준비해야 하는 시기라서 그런지 가까운 사람들의 퇴직 후 삶에 관심이 집중되고 무엇을 준비해야 하는지 생각하게 된다. 빠르게 변화하는 세상 속에서 무언가 끊임없이 달성해야 한다고 주문하고, 나 자신에게 강요하게 되는 압박감 속에 살고 있다. 다른 사람과 수없이 비교하며 스스로를 지나치게 비판하며 나의 약점이나 실수를 과장해서 받아들였다. 부정적인 평가를 받을 경우 자존감이 바닥인 경우도 많았다. 다른 사람들의 성공적인 모습을 보며 뚜렷한 나만의 방향성이나 인생의 목표도 없이 불확실한 미래에 대한 한탄과 자기비판만 하면서 말이다. 독서 모임에서 선정된 도서들은 퇴직 후의 삶을 고민하는 나에게 방향성과 목표를 가질 수 있는 좋은 내용들이 많았다. 선정 도서인 《어텐션》에서 이은대 작가는 자존감이 바닥인 이유는 높은 곳을 쳐다보는 습관 때문이라고 한다. 지금 주어진 일에 감사하고 만족하며, 지금 하는 일, 해야 하는 일에 집중하라고 한다. 저자는 쉽고 빠른 길에 대한 집착을 내려놓고 묵묵히 한 걸음씩, 시도만 하지 말고 시작하라고 한다. 인생을 결정짓는 요소는 오직 "행동"에 있다. 나는 무엇을 했는가? 그리고 이제 무엇을 할 것인가? 매일 어떤 일을 반복하는 동안 나와는 전혀 다른 존재로 성장해 있을 것이다. 꾸준함이 성공을 만들어 줄 것이다. 선정 도서 《퓨처셀프》에서는 미래에 대한 희망이 없다면 현재는 의미를 잃는다고 한다. 시급한 문제와 사소한 목표가 내 삶의 발목을 잡을 수 있다는 저자의 글에 눈앞의 문제로 중요한 것을 잃고 있는 건 아닐까? 하는 생각이 들어 현재의 내가 미래의 나에게 보내는 편지를 적어보게 되었다. 편지글을 통해 가족과의 행복과 경제적인 자유를 원하고 있고, 그동안의 쌓은 경험으로 힘들고 지친 사람들에게 조금이나마 도움이 되어 줄 수 있는 삶을 살고 싶어 한다는 것을 알게 되었다. '자신이 바라는 미래의 내가 되려면 그 모습을 이루는 데 도움이 되는 환경으로 들어가야 한다.'라는 저자의 글에 이미 내가 찾고 있는 환경에 들어와 있음을 알게 되었다. 미국의 철학자 겸 시인 랠프 왈도 에머슨은 '당신이 무엇을 하겠다고 결심하면 온 우주가 나서서 그 일이 이루어지게 만든다. 이미 내 모습이라고 생각하라'고 한다. 선정 도서

《나는 어떻게 삶의 해답을 찾는가》에서는 놀고 소비하며 즐기는 것은 단편적인 행복이다. 인간은 생산적인 삶을 살 때 행복하다. 특히 자신의 생산 활동으로 타인을 도와줄 수 있을 때 가장 행복하다고 한다. 제2의 인생은 남을 돕는 인생을 살고 싶다. 선정 도서 《세상 끝의 카페》에서 우리는 때로 전혀 예기치 못한 순간 뜻하지 않는 곳에서 새로운 사람을 만나 인생의 의미를 다시 깨닫게 될 수 있다고 한다. 존재 목적을 알지 못하고 이것저것 잡다한 일을 하는 데 많은 시간을 보내며 에너지 낭비를 해 왔다. 아니 어쩌면 헤매고 다니다 보니 지금의 나를 찾았을지도 모르겠다. 〈부산 큰솔나비〉 도서포럼 주관은 아니지만 리더인 정인구 코치가 [글센티브책쓰기스쿨]을 운영하고 있다. 매주 화요일 저녁 9시에서 10시 30분까지 수업에 참여하는 우리는 모두가 작가이다. 5월 어느 날 독서를 통해 읽고 나누고 성장하는 에세이 공저 초대에 덜컥 응하고 말았다. 글쓰기 수업을 듣다 보니 나도 작가가 될 수 있다는 착각을 한 것일까? 나는 저질러 놓고 뒷일을 수습하는 성격을 가졌다. 깊게 고민하지 않아서 낭패를 보는 경우도 많다. '10명이 모집되지 않아서 공저 계획이 무산되었으면 좋겠어.' 마음속으로 간절하게 외쳤다. 간절한 바람과는 달리 라이팅 코치 정인구 작가는 10명을 모집하고 공저 프로젝트 진행 방을 당당하게 개설했다. 공저가 완료될 때까지 서로 도우면 행복한 글쓰기 과정이 된다는 코치의 말씀에 이 방에서 민폐만 되지 말아야겠다는 마음으로 글쓰기를 시작하게 되었다. 걱정 반 기대 반으로 서로서로 응원하고 힘을 주며 시작한 글쓰기는 벌써 마무리 단계인 4장을 남겨놓고 있다. 책 읽기와는 다르게 평소 가지고 있던 생각을 글로 한 줄 한 줄 표현하기가 여간 어려운 일이 아니다. "그냥 쓰기 시작하면 써진다", "독자를 위한 글을 써라", "작가는 글을 쓸 때, 머릿속에는 늘 주제=제목을 잊지 말고 써야 한다" 등 배운 내용은 많은데 정작 내 글에서는 길을 잃고 헤매곤 한다. 글쓰기가 어려운 만큼 책을 읽을 때 작가의 표현들이 마음에 와닿을 때는 그냥 넘어갈 수 없다. "이런 문장을 어떻게 만들어 낼 수 있는 거지?", "같은 말이라도 이렇게 표현하니 더 와닿는군!" 메모로 남겨 다음에 인용하고 싶은 욕심이 생기니 책 읽을 때도 이전과 다른 작가의 마음을 읽게 된다. 분명한 것은 글을 쓰며 내 삶을 돌아보고 정리하는 기회를 가질 수 있다는 것이다. 지금까지 제2 인생은 거창하고 어렵게만 생각하고 있었다. 어려운 세상을 살아가는 우리에게 여유를 가질 수 있는 마음과 나와 비슷한 고민과 어려움을 가지고 있는 단 한 사람이라도 용기와 희망, 공감과 위로를 줄 수 있는 삶이면 좋겠다. 빠르게 변화는 세상을 살아가며 불확실하고 힘들어하는 누군가에게 건강한 삶의 방향과 지혜를 조금이라도 나눌 수 있고, 좋은 영향을 줄 수도 있지 않을까 하는 조심스러운 바람을 가져 본다. 제2

인생은 나로 인해 주변 사람들에게 더 나은 곳으로 나아갈 힘을 주는 삶이 되었으면 한다.

이미 그 일을 이루고 열심히 살아가는 내 모습을 상상하며 행복한 미소를 지어 본다.

독서, 큰솔처럼

4-6

삶에 행복을 더하다

(이은숙)

　〈부산큰솔나비〉 독서 모임의 모토가 '공부해서 남을 주자'이다. 처음 모임에 참석했을 때 너무나 멋진 말이라고 생각했다. 지금까지 내가 살아오면서 했던 공부들은 나를 채우기에만 급급했었다. 그런데, 이 모임은 달랐다. 역시 '책을 읽는 모임은 다르구나'라는 생각을 했다. 매월 꾸준히 참석하지는 못했지만, 이제는 독서 모임에서 내가 느끼고, 좋았던 것들을 주변과 나누고 싶다. 독서 모임에 참석하고, 책을 읽기 시작하면서 작은 바람이 생겼다. 친구들과 독서 모임까지는 거창하고, 주제에 맞는 독서를 시작해 보려 한다. 일단 시작은 3명. 친구들의 반응이 궁금하다. 책과 거리가 가장 멀었던 내가 모임을 제안하면 친구들의 반응이 어떨지 궁금하다. 독서 모임을 통해 긍정적인 부분을 많이 배웠다. 내가 배우고 공부한 것들을 이제는 조금씩 나누고자 한다. 긍정적인 것들은 전파가 잘 되는 것처럼, 나의 긍정적인 열정을 주변에 전염시켜 보고 싶다.

독서 모임을 통해 읽는 것에서 그치는 것이 아니라, 배출해야 하는 것을 배웠으니 모임 참석 1년 만에 나도 책 쓰기에 도전했다. 이제는 둘째 조카 소영에게도 책 쓰기를 권해 볼 생각이다. 둘째 조카는 뭔가를 하자고 하면 곧잘 따라 하곤 했다. 방학에는 꼬마 선생님으로 교육 자원봉사를 한다든지, 어른들이 추천하는 것에 크게 거부 반응은 없었다. 큰솔나비도 내가 참여해 보고 조카에게 권유했더니 두세 번 참여하며 책 읽기에 동참했다. 교사가 꿈인 조카도 책 읽기 습관은 잘 안 되었다. 하지만 필요성은 느꼈는지 고3 졸업 후 바로 토요일 7시 모임에 쫓아왔다. 지금은 서울에서 학교에 다니면서 자유롭지는 않지만, 나의 책 내기가 끝나면 조카에게 추천해 볼 생각이다. 나도 아직 책 쓰기에 대한 두려움이 있지만, 좋은 점이 많다는 것을 경험하고 있으니 꼭 책 쓰기를 추천하려고 한다.

모든 사람에게는 행복 스위치와 불행 스위치가 있는 것 같다. 나이가 들면서 행복 스위치를 켜는 것과 불행 스위치를 켜는 것은 내 마음에 따라 달라지는 것을 많이 느낀다. 어떤 일이 일어나느냐가 중요한 것이 아니라 내가 어떻게 반응하느냐가 중요하다. 세상을 살아가는 데에는 비슷한 문제들이 일어난다. 하지만 어떻게 받아들이고 반응하느냐에 따라 다르다. 누군가에게는 심각한 문제가 누군가에게는 별일이 아니게 된다. 삶의 질을 결정하는 것은 매일 어떻게 살아가고, 어떤 태도로 접근하느냐에 따라 달라진다. 행복과 불행의 스위치도 마찬가지다. 어떻게 생각하느냐에 따라 행복하기도 하고, 불행하기도 하다. 내가 행복과 불행을 결정할 수 있다고 생각하면 인생을 살아가는 것이 조금은 가벼워지는 것을 느낀다.

10년 정도 사회복지사로 일을 하다가 직업을 바꾸는 일은 쉽지 않은 결정이었다. 처음에는 마치 소중히 지켜온 어린 시절 꿈을 배신한 듯한 느낌이었다. 처음에는 다른 사람의 재무를 관리한다는 것이 쉽지 않았다. 다른 사람 잘 때 자고, 다른 사람들 놀 때 놀고 잘 되길 바라는 건 도둑놈 심보라고 생각했다. 그래서 열심히 했다. 22층 건물 중에 내가 제일 늦게 퇴근했다. 3년 정도 평균 새벽 1시쯤 퇴근했다. 새로운 분야 일도 익숙지 않았고, 또 감사하게도 상담도 끊이지 않았다. 도저히 일찍 퇴근할 수 없었다. 그때 '밤 10시에 퇴근할 수 있으면 얼마나 좋을까'라는 생각을 많이 했다. 그렇게 신입 3년을 보냈다. 지난 10년 그야말로 쉽게 말해 힘들게 일을 했다. 루틴에 따라 일을 했고 매일 아침 7시 30분쯤 출근해서 늦은 새벽까지 일을 했다. 물론 지금은 그렇게까지 일하지는 않는다. 신입 때 루틴은 지금의 나를 만들었다. 후회는 없다.

지난 수년 동안 성실히 열심히 살아온 나에게 박수를 보낸다. 그 누구보다도 내가 가장 정확히 알고 있다. 내가 어떻게 일을 해 왔는지 그 누구에게도 부끄럽지 않게 일을 했음을 알고 있다. 그래서 자신 있다. 어느 분야에서도 나는 잘 해내 나갈 것이라는 걸 알 수 있다.

누구보다 열심히 최선을 다했다. 어린 시절 하고 싶었던 사회복지사업을 이제는 내 이름으로 사회사업을 지원하고 있다. 그냥 이루어지는 꿈은 없다고 생각한다. 준비하고 있어야 하고, 준비하고 나니 하고 싶은 일들이 조금씩 이루어졌다. 지금은 나의 주 업무는 재무설계사로 일하고 있지만, 사회사업을 실천하고 있다. 나는 평소 지역사회에서 1*3세대 통합 프로그램의 중요성을 느끼고 다양한 방법으로 사회사업을 지원했다. 2023년 복지관 프로그램 중 하나로 1세대인 어르신들은 자신의 이야기를 글로 남기고, 그 글에 맞는 그림을 3세대인 아동들이 그림을 그려 책을 펴냈다. 어르신 10명, 아동 10명의 작가를 배출한 것이다. 2024년에도 같은 사회사업을 진행하고 있고, 아버지가 꼭 참여해서 글을 쓰시고 책을 낼 수 있길 기원했다. 하지만 아버지 생각은 달랐다. 평생 가구 사업을 하셨던 아버지는 앉아서 하는 프로그램에 대한 불편함이 있으신 것 같다. 눈도 침침하고, 얘기하는 것도 좋아하시지 않는 아버지는 한사코 거부하셨다. 노인복지를 전공했음에도 아버지 마음이 내 맘 같지 않음에 섭섭함도 있었지만, 어쩔 수 없다고 생각한다. 아무리 좋은 프로그램이라고 하더라도 본인이 원치 않는 것을 억지로 하게 할 수는 없었다.

나는 정답보다는 해답을 좋아한다. 사람에 따라 생각하는 정답이 다르고, 인생을 살아가는 데 정답은 없다고 생각하기 때문이다. 하지만 인생을 살아가다 보면 해답을 아는 사람은 꼭 사람들이 생각하는 정답은 아니라 하더라도 지혜롭게 해답을 찾는 경우가 많다. 그런 의미에서 지식보다는 지혜로운 사람이 되고 싶다. 요즘은 나이 듦에 편안함을 느낀다. 20대, 30대는 다른 사람보다 조금이라도 더 잘 살기 위해 애썼다. 지금은 나의 삶에 집중되어 있다. 내가 정한 목표에 잘 가고 있고, 노력하고 있다면 만족한다.

행복한 삶을 살고 싶은 것은 모든 사람의 바람일 것이다. 불행하게 살고 싶은 사람은 없다. 요즘 나는 행복에 대한 정의가 조금 바뀌었다. 어려움에 부닥쳤을 때, 위기가 왔을 때 어떻게 받아들이느냐에 따라 행복지수가 달라진다. 하루하루가 행복한 사람이 어디 있을까? 이제는 크게 불행하지 않다면 행복한 게 아니냐고 생각해 보면 나는 지금 아주 많이 행복하다. 물론 행복의 기준이 개인마다 기준이 다르다. 내가 행복하다고 생각한 것에 큰 몫을 차지하는 것이 있다. 삶에 책 읽기와 글쓰기가 추가 되면서 행복의 기준이 바뀌었다. 행복에 특별함은 없구나. 감사함을 더하니 행복해지는구나. 이제는 나의 행복함을 나누었으면 좋겠다.

행복열차 탑승권

(전미경)

어떤 삶이 좋고 훌륭한 삶일까? 한때는 정말 기가 막히게 잘 사는 삶이 따로 있는 줄 알았다. 우선은 잘 사는 삶이 어떤 것인지 몰랐고, 언젠가 그것을 찾고 나면 잘 살기 위한 방법을 알아내고, 그것을 지향점으로 매우 열심히 살아야 한다고 생각했다. 첫 질문부터 답을 찾지 못해 헤맨 세월이 50년이다. 하지만 이제 더 이상 그 답을 찾아 방황하지 않는다. 인생에는 정답이 없다는 것을, 책을 통해 뒤늦게나마 알았기 때문이다. 좋은 삶이 따로 정해진 것이 아니라면 아무렇게나 살아도 된다는 말인가? 그렇지는 않다.

정해져 있는 것은 없기에 내가 나름 정의하는 좋은 삶은 이렇다. 먼저 좋은 삶은 나에게도 남에게도 도움이 되는 삶이다. 단계별로 크게 3가지로 요약해 볼 수 있겠다. 첫째, 스스로를 잘 돌봐서 경제적으로, 정신적으로 자립하는 삶을 최우선으로 생각한다. 둘째, 자립을 넘어 자신의 경험과 지식을 바탕으로 만들어 낸 결과물이 누군가에게 긍정적인 영향을 미치는 것이다. 남을 돕기 위한 의도에서 출발하지 않았더라도 상관없다. 셋째, 적극적으로 남을 돕는 삶이다. 물질적 기부도 좋고, 육체적인 봉사활동, 재능 기부 등 다양하다.

　사실 첫 번째만 되어도 충분히 훌륭한 삶이다. 자신의 삶을 주체적으로 잘 살아가는 사람은 주변 사람들에게 좋은 본보기가 되는 것만으로도 사회에 유익을 준다. 자립이 되지 않아서 가족에게 이웃에게 사회에 의지해 살아가는 삶도 부지기수다. 이에 더해 다른 사람에게 해악을 끼치는 사람도 있다. 나만 해도 늦은 나이까지 부모님께 경제적인 도움을 받았고, 결혼해서는 남편에게 의존했던 삶이 있다. 뭐니 뭐니 해도 1순위는 경제적 자립이다. 사람으로 태어나 가장 기본인 스스로를 먹여 살리는 것조차 때에 따라서는 쉽지 않을 수 있다. 신체적, 정신적으로 불편한 상태에 있는 사람들은 예외로 하더라도 지극히 평범한 사람도 그럴 수 있다. 이런 사람들이 맹렬히 책을 읽게 된다면 경제적 자립이 가능하지 않을까? 책 안에서 그 길을 찾을 수 있을 것이다. 무궁무진한 세계가 책 속에 있으므로 얼마든지 가능하리라 본다. 예로 코미디언 고명환 씨, 유튜버 우기부기TV, 켈리 최 등 어렵지 않게 그 본보기를 찾을 수 있다. 물론 이들은 책을 통해 자립 정도가 아니라 획을 긋는 성공을 거둔 사람들이다. 이들의 독서법을 따라 해보는 것도 좋은 방법일 것이다. 사회 구성원 대다수가 자립한 세상은 참 평화롭고 살맛 나는 곳일 게다.

두 번째로 스스로 자립 된 사람들이 각 분야에서 쌓은 지식과 삶의 경험을 바탕으로 책이나 강의 등 콘텐츠를 만들어 낼 수 있다. 콘텐츠가 자신의 자립 수단이기도 하겠지만 누군가에게는 도움이 되는 귀중한 자료가 될 것이다. 예를 들어 경제 관련이나 건강 관련 콘텐츠라고 해보자. 그 자료를 접한 사람들이 경제적으로 도움을 받아 부를 축적하는 수단이 되고, 건강상으로 도움 받는 사람들이 늘어난다. 그러면 그 사람의 삶은 자신뿐만 아니라 더 많은 사람에게 자립의 기회를 주는 것이다. 전문 분야에 엄청난 지식을 가졌고, 남다른 삶의 경험으로 무장한 사람이라 할지라도 조리 있게 말할 수 없고, 짜임새 있는 글로 표현할 수 없다면 그 지식과 경험은 큰 가치를 발휘할 수 없다. 기껏해야 혼자 써먹고 사장되고 말 것이기 때문이다. 전달력 있게 더 잘 표현할 수 있는 능력은 대단한 부가가치를 창출한다. 이 일 또한 독서 없이 가능하겠는가? 독서의 가치는 선형적이 아니라 어느 한계점을 지나면 기하급수적으로 커진다.

세 번째는 독서를 통해 더 적극적이고 직접적인 방법으로 남을 도울 수 있는 일도 많을 것이다. 비견한 예로 저소득층 아이들을 위해 독서 공부방을 운영한다든지 글쓰기 교실을 여는 방법도 있겠다. 역사나 인문학, 심리학 등의 전문성이 있다면 독서를 통해 자신만의 전문 분야를 교육하는 방법도 있을 것이다. 그러나 이 방법은 보다 큰마음을 내어야 하는 부분이라 나도 선뜻 하지 못하는 일을 독자들에게 권하지는 못하겠다.

하지만, 독서를 통해 자연스레 얻어지는 부분으로 첫 번째, 두 번째를 좀 더 적극적으로 해보자고 힘주어 말하고 싶다. 나를 예로 들자면 수학을 전공했고, 최근 수학 개인과외 교습자로 등록했다. 또 사주명리학에 많은 관심을 두고 공부 중이다. 아직 부족한 점이 많지만, 독서를 통해 얻은 것들을 아이들과 수업하면서 교류하고 있다. 수업 중 수학만을 가르치는 것이 아니라 한 명 한 명 아이들과 가까워지다 보면 그들의 고민과 관심사를 알게 된다. 그때마다 시의적절한 책도 추천해 줄 수 있고, 때때로 독서의 중요성도 알려 줄 수 있을 것이다. 그리고 부모님과 상담하고 매달 아이들의 수업 진행 상황을 전달하는 과정에서도 그간의 책 읽기와 글쓰기가 분명 도움 되리라 확신한다. 사주 명리학을 공부하면서도 독서가 도움 되는 것은 예외가 아니다. 명리학은 자신과 타인을 이해하는 아주 정밀한 도구다. 인문학이나 문학 서적을 읽고 명리학을 접목해 사람에 대한 이해를 더 넓혀갈 수도 있다. 지금까지의 나의 경험, 때로 기쁘고 때로 쓰리고 아팠던 경험과 전문 분야, 관심 분야, 독서 등을 아울러 뭔가 결과물을 만들어 낸다면 누군가는 공감해 주고, 위로받고, 격려해 주는 사람도 있을 것으로 생각한다. 독서를 통해 이 정도의 삶을 살 수 있는 것으로도 충분히 만족한다.

최근까지 참여하거나 리더하고 있는 3개의 독서 모임, 즉 자발에 의한 강제 독서모드에 나를 맡기지 않았다면 지금의 행복은 없다. 이 기꺼운 행복으로 독자 여러분을 초대한다. 망설임 없이 이 티켓을 잡으시라. 가장 빠르고 쉽게 이 티켓을 잡는 방법은 네**, 구*, 유** 등 어디서든 〈부산큰솔나비〉를 검색하면 된다. 밴드나 카페, 동영상, 이곳저곳 구경해 보시고, 매달 첫째, 셋째 토요일 아침 7시, 대동대학교 평생교육원으로 오셔라. 행복 열차 탑승권을 발급하는 곳이니.

4-8

나누기를 위한 채우기

(전세병)

매번 독서 모임에 참여할 때마다 선정 도서 내용의 핵심을 발표하는 원포인트 강의를 듣게 된다. 책을 다 못 읽었을 때 요점에 대해 이해할 수 있게 도움을 받았다. 게다가 완독을 한 날도 내용이 완벽히 정리가 안 될 때가 있다. 그럴 때마다 자기 생각을 다듬을 수 있는 도구로서 도움을 받았다. 모임 때마다 원포인트 강의를 준비해서 발표하는 선배들에게 감탄이 절로 나오고 존경심이 들었다.

원포인트 강의가 끝난 후에는 독서 모임의 프로그램 중 하나인 〈10분 세바시〉가 진행된다. 유튜브에 잘 알려진 '세상을 바꾸는 시간, 15분'을 벤치마킹한 것이다. 10분 동안 자신을 소개하는 시간이다. 다양한 사람들이 모이는 자리인 만큼 본업에 관련된 노하우나 편리한 기술들을 설명해 줄 때도 있다. 그 시간에는 새로운 세상에 눈을 뜨는 기분이다. 그런 강의를 듣고 있노라면 감사함과 존경심이 저절로 생긴다. 특히, 세바시 내용 중 고난을 극복한 삶을 이야기해 줄 때였다. 어려운 환경에서 자랐지만, 그런 환경에서도 사회의 한 분야에서 꿋꿋이 자기 일을 하시는 선배들도 있다. 또한 자신만의 신념과 꿈을 향해서 머뭇거리지 않고 새로운 것에 도전하는 선배들도 있다. 선배 이야기를 듣다 보면 '아, 난 정말 우물 안의 개구리구나'라고 자주 깨닫는다. 정말이지 내 머리에 돌이 깨지는 소리가 들리는 듯했다. 나도 모르게 입속에서 감탄사가 흘러나왔다. '내가 사는 방식, 세상을 보는 나의 작은 세계가 다가 아니구나'라는 깨달음을 얻는다. 오만해 지려는 자신을 벼가 익어 가면 굽히듯이 초심을 찾고 겸손하게 살라고 상기시켜 준다. 이렇게 다른 사람의 세바시 이야기를 들을 때 도움이 많이 되었다.

　그보다 내 이야기를 세바시 코너에서 발표한 시간은 큰 변화를 일으켰다. 난 깊은 마음에 있는 나에 대한 얘기를 아무리 친한 친구든 가족이든 잘 안 꺼내는 편이다. 그런데 독서 모임에서 세바시를 해보라고 권유를 받았다. 무슨 얘기를 할지 막막하고 주제 정하기가 힘들었다. 나의 얘기를 하기엔 너무 민망하면서 부끄럽다는 생각이 먼저 들었기에 머뭇거릴 수밖에 없었다. 세바시? 나는 지금 이루어 놓은 것이 없는데 무엇을 말하지? 하는 고민이 먼저였다. 그러나 이내 생각을 고쳐먹었다. 잘하는 전문 분야가 없는 지금 내 현재 상황은 이 시대의 청년들 공통 고민이지 않겠느냐는 생각이 들었다. 이런 나의 미래에 대한 고민을 터놓고 말할수 있는 주제도 괜찮겠다는 생각이 들었다. 그렇게 10분 동안 내얘기를 했다. 긴장되고 힘들겠다는 섣부른 걱정과는 달리 끝나자마자 후련한 마음이 먼저 들었다. 속에 있던 응어리가 풀렸다고할까. 세바시라는 이름의 발표가 나에게 위로가 되는 시간이었다. 내가 누군가에게 뭔가를 나눠 줄 때 주기만 하는 게 아니었다. 나눠 주는 내게도 받는 것이 있다는 걸 느꼈다. 선배들과의 유대가점점 쌓여가면서 독서 모임 시간만이 아니더라도 만나는 시간이늘어났다. 선배들이 개인적으로 알려주고 싶어 하는 귀한 보물들이 있으면 나눠주는 시간이 늘어났다. 행복은 나누면 배가 되고슬픔은 반이 된다고 했던가. 그 말이 실감 났다. 선배들과의 독서모임을 통해서 자기 생각만 나누는 것이 아니었다. 세바시로 통한나눔의 기쁨과 즐거움은 물론이었다. 독서토론 시간에 생각을 공유하면서 얻는 유대감은 나를 기분 좋게 만든다. 독서 모임을 진행할 때 선배들과 책이란 매개를 통해 즐겁게 지내고 나면 다음모임이 기대되었다. 2주 동안 기다리면서 활력 있게 보낼 수 있었다. 마치 수학여행 날짜가 정해지고 얼마 남지 않은 학생처럼 설렘을 느끼다 보니 시간이 천천히 간다. 혼자 독서하는 것도 중요하다고 생각한다. 사색을 깊이 할 수 있기에 심도 있는 독서가 가능

독서, 큰솔처럼

하기 때문이다.

사람마다 살아가면서 힘들 때나 버거울 때가 한 번씩 온다. 그럴 때 떠올리는 나만의 멘토이자 바이블은 《카네기 행복론》이다. 평소 좋아하는 명언은 '죽은 개는 걷어차는 사람이 없다'라는 말이 있다. 가치가 있는 사람에게 시련이 있다는 말이다. 그 말을 떠올리며 힘들더라도 스스로에게 필요한 과정이라고 다독인다. 그리고 〈부산큰솔나비〉 독서 모임에는 도와주는 선배들이 있어서 항상 긍정적인 미래를 그릴 수 있다. 선배들과 한 가지 큰 목표를 위해 같이 간다는 느낌이 들어 든든하다. '대가를 바라지 마라'라는 마음으로 독서를 해나가니 더욱 상념이 없어졌다. 독서하면서 뭔가를 꼭 얻어야 한다고 생각하면 독서가 숙제로 느껴진다. 독서 모임에서는 단지 책만 읽는 것이 아니다. 내가 독서 모임에 참여하지 않았다면 어땠을까? 지금처럼 공저를 쓸 기회도 없었을 것이다. 독서 모임에 참여해 읽은 것을 서로 나누었기에 도전하는 용기를 얻었다. 그 도전 목표를 향해 같이 나아갈 수 있는 선배들을 만나게 되었다. 그리고 하여, 나아가야 하는 방향을 설정할 힘이 생기고 용기도 얻었다.

이제는 독서랑 친해지고 단짝이 될 만한데 매번 책을 보면 새롭다. 친구 같으면서 남 같고 가까이하고 싶어 하다가도 막상 다가가면 멀어지는 연인 사이처럼 밀고 당기게 되는 거 같다. 책을 읽고 있는 내 느낌에 동감하는 사람들이 많지 않을까? 이 생각은 독서가 하기 싫을 때 내가 하는 합리화라서 부끄럽지만 사실이다. 독서할 때 '이 책을 완벽하게 이해하겠어'라는 생각보다는 이 책을 읽어서 어떤 것을 내 일상에서 주변에 선한 영향을 어떻게 줄 건지 고민하는 것이 중요하다. 그것이 독서의 최종 목표이다. 책만 이해한들 시간이 지나고 쳐다보지 않으면 잊어버리기 십상이다. 독서할 때마다 느끼지만 아직 독서에 부족한 면이 넘친다. 그렇지만 혹여나 이 글을 읽고 있는 독자들도 책을 읽고 '이해'하는 것이 아닌 책을 '보고' 나서 '깨달은' 것을 '적용'해 보길 바란다. 누군가에게 아니면 어딘가에라도 도움을 줄 수도 있다는 것을 말하고 싶다.

〈부산큰솔나비〉 독서 모임에 가면 마무리 시간에 외치는 구호가 있다. '공부해서 남을 주자', 처음에 이 구호를 따라 외쳤을 때 이상했다. 지금까지 공부나 독서는 나의 양식을 채우기 위해 하는 것으로 생각했기 때문이다. 이제는 그 구호의 의미를 알 것 같다. 돈을 은행에 넣어놓기만 하면 가치는 보존된다. 하지만 그 가치에서 머물게 된다. 하지만 투자하면 돈이 불어나는 원리와 비슷하다. 아름답고 일용할 지식, 가치들을 가지고만 있으면 거기에서 멈춘

다. 나누기 시작하면 제비가 물어오는 박처럼 곱절이 되어 돌아올 것이라는 걸 이해할 수 있게 되었다. 이 글을 읽는 독자분들도 나누는 것에 대한 기쁨을 깨닫기를 진심으로 기도한다.

4-9

책과 함께하는 나의 미래
(조은경)

나의 30대는 모든 것이 첫 경험의 연속이었다. 첫 결혼, 첫 출산, 첫 육아, 첫 집안일, 새로운 직업 등 모든 것에 적응하기에도 벅찬 나날이었다. 아이들이 스스로 화장실을 가기 시작하면서 비로소 내 마음에 조금의 여유가 생겼다. 그런데 문득 생각했다. '여긴 어디지? 나는 지금 어디쯤 와 있는 걸까?' 마치 망망대해에 배 한 척만 둥둥 떠 있는 기분이었다.

지금까지 나는 불안을 피하기에만 급급했다. 하지만 어느 순간, 불안을 가만히 들여다보니 그것 또한 나의 인생이라는 사실을 책을 통해 깨달았다. 그 감정을 자세히 관찰하고, 왜 그런 감정이 생겼는지 이해하고 나니, 불안을 긍정적으로 활용한다면 그것이 오히려 나의 인생에 도움이 되는 무기가 될 수 있다는 생각이 들었다.

친구들과 이야기를 나누어 보니, 비슷한 상황에 있는 또래의 여자들도 모두 같은 느낌이 있다는 것을 알게 되었다. 나는 이 망망대해에서 조용하고 빠르게 탈출하고 싶었다. 그래서 유튜브와 종

　　　　　　　　　　　　　　　　　　독서, 큰솔처럼

이책을 통해 생각 정리와 방 정리 등에 관한 공부를 시작했다. 무조건 종이에 적었고, 글을 마인드맵으로 정리했다. 그렇게 조금씩 내 생각과 주변이 정돈되어 갔다.

　나는 미래를 볼 수 없다. 내가 볼 수 있는 것은 오직 현재의 나뿐이다. 만약 10년 후의 내가 지금, 이 순간으로 돌아온다면, 지금 이 순간의 모든 것이 너무나도 감사할 것이다. 나도 한때는 불확실한 미래에 조급해지고 혼란스러웠던 적이 있다. 그러나 미래의 결과가 분명하게 정해져 있다면, 그리고 그것이 내가 계획한 긍정적인 결과라면 마음은 한결 안정되고 단순해진다.
　독서는 앞서간 선배들이 보여주는 나의 미래를 들여다보는 일이다. 그들은 책을 통해 지금 내가 무엇을 해야 하는지도 알려준다. 물이 100도에서 끓듯이, 인생을 변화시키기 위해서는 독서를 통해 '변화의 끓는점'을 찾아야 한다. 다양한 분야의 책 1,000권을 돌파하는 것이 나의 목표다. 물론 책 권수가 중요한 것은 아니다. 중간에 변화의 끓는점에 도달할 수도 있다. 물론, 1,000권을 읽지 못했다고 해서 좌절하지 않을 것이다. 사람마다 물질적, 정신적으로 가진 것이 다르고, 목표 또한 다르기 때문이다. 중요한 것은 자신만의 속도로, 자신만의 길을 걸어가는 것이 중요하다고 생각한다.

거의 10년 만에 〈부산큰솔나비〉 독서포럼에서 독서 발제를 하게 되었다. 이번에 다룬 책은 《세상 끝의 카페》였다. 늦은 밤, 이 책을 만났다. 가볍고 한눈에 쏙 들어왔다. 침대에 누워 가벼운 마음으로 책을 펼쳤다. '당신은 지금 왜 거기에 있습니까?'라는 질문에 마치 내가 돌이 된 듯 멈춰 버렸다. '세상 끝의 카페'는 자기 존재의 목적을 찾고 잠재의식을 바꾸어 인생의 전환점을 만들어 주는 책이었다.

이 발제를 준비하면서 많은 힘을 실어 주신 회원분들께 감사의 마음을 전하고 싶었다. 그래서 시원한 음료수 30개에 책의 한 문구를 적어, 자르고 붙여 선물로 준비했다. 책 제목에 맞춰 카페 여사장으로 변신하고 싶은 마음에 앞치마를 두르고 발제를 진행했다. 요즘 프리랜서 생활로 시간 부족에 시달리다 보니 암기할 시간이 없었다. 결국 글을 보며 발제했지만, 그럼에도 내게는 정말 뜻깊은 날이었다.

10대 시절, 인생 책이라며 별 다섯 개를 그려 넣었던 책들이 있었다. 하지만 지금 40대인 내게 그 책들은 무감각하게 느껴진다. 나이가 들면서 인생의 지혜가 쌓이고, 그에 따라 내 생각과 감정도 변한다는 것을 요즘 실감하고 있다. 이번에 《세상 끝의 카페》를 다시 읽고 발제하면서, 내 인생의 문구도 변했음을 느꼈다.

10대부터 좋아하던 강산에의 노래와 함께, 작년까지 나의 인생 문구는 '흐르는 강물을 거슬러 오르는 저 힘찬 연어들처럼 살리라' 였다. 나는 늘 고난과 역경을 정면으로 부딪쳐 이겨내자는 편이었다. 하지만 인생의 중반을 맞이한 지금, 《세상 끝의 카페》 책에 나오는 바다거북처럼 전진할 때 물의 흐름과 같이 움직이는 리듬처럼, 말과 주인이 같이 달리는 리듬처럼, 그 리듬을 잘 활용하며 살았다면 내 인생이 조금 더 유연하게 흘렀을지도 모른다는 생각을 해본다.

사회에는 정말 다양한 모임이 있다. 운동 모임, 엄마 모임, 취미 모임 등 여러 모임을 통해 사람들을 만나고, 건강해지고, 즐거움을 찾을 수 있다. 그중에서도 나는 독서 모임이 특히 좋다. 좋은 선생님에게 책을 소개받고, 좋은 사람들과 함께 시간을 보내는 것만큼 가치 있는 일이 또 있을까? 책에 대한 진지한 이야기를 나누다 보면 걱정이 사라지고, 마치 다른 세상에 들어가는 듯한 느낌을 받는다.

독서 모임을 통해 책을 읽으며 간접적으로 다양한 경험을 하고, 서로의 생각을 나누고 들으며 내용을 이해하고, 생각을 확장해 나간다. 이를 통해 자신의 가치관을 확립하고, 다양한 사람들의 생각을 듣고 내 생각과 비교하며 생각의 폭을 넓히는 것이다. 만약

〈부산큰솔나비〉독서 모임 같은 모임이 전국에 많아진다면, 개인의 문제가 아니라 대한민국의 현실적인 문제를 해결하는 힘도 커질 것으로 믿는다.

독서는 스트레스를 줄이고 감정 조절에 도움을 주는 효과적인 방법으로도 잘 알려져 있다. 앞으로 10년 후에는 독서가 정신 건강 관리의 중요한 요소로 자리 잡을 가능성이 크다. 정기적인 독서는 우울증과 불안 증상을 완화하는 데 큰 도움을 줄 수 있다. 기술과 사회적 변화로 인해 독서의 미래는 더욱 다양하고 풍부해질 것이다. 개인화된 경험과 새로운 형태의 콘텐츠가 독서 문화를 더욱 발전시킬 것이며, 독서는 단순한 취미를 넘어 개인의 성장과 사회적 연대감을 형성하는 중요한 활동으로 자리매김할 것이다.

아마 나도 60대가 되면 안정과 평화로운 일상을 추구하게 될지도 모른다. 하지만 확실한 한 가지는 있다. 안정이든 도전이든, 일단 욕구를 느껴야 그 욕구를 충족시킬 수 있다는 점이다. 그래야만 우리는 행복감을 느끼고 삶이 풍요로워진다. 만약 욕구를 느끼지 못하면 세상에 무관심해지고 만다. 이런 사람을 책에서는 '방관자 유형'이라고 부른다. 감정 시스템이 덜 활성화된 사람들이다.

만약 나이가 들어감에 따라 우리의 감성 시스템이 퇴화한다면, 우리도 방관자처럼 의욕 없는 삶을 살게 될지 모른다. 그래서 우리

독서, 큰솔처럼

는 뇌 기능을 유지하고 감정 시스템을 보존해야 한다. 늙어서도 뇌 기능을 유지하는 방법은 독서와 운동이다.

우리는 보통 단기적인 목표를 위해 전략을 세우고 운동을 한다. 마케팅을 잘하고 싶어서 마케팅 책을 읽고, 다이어트를 하고 싶어서 운동한다. 조금 더 장기적으로는 사업의 성공을 위해 지능을 높이려는 노력도 한다. 그러나 목표를 이루고 나면, 그 목표를 유지하려는 행동은 소홀해지기 마련이다. 이제 충분하다고 생각하기 때문이다. 하지만 우리의 궁극적인 목표는 '잘 사는 것'이다. 노후까지 건강하고 행복하게 살려면 독서하는 뇌 기능을 유지해야 한다. 책과 행복한 미래를 열어가고 싶다. 독자 여러분과 손잡고.

나로부터 변화를 꿈꾸는
사람들에게

아들러는 《미움받을 용기》에서 "심리학은 타인을 바꾸기 위한 심리학이 아니라 자신을 바꾸는 심리학"이라고 했다. 그만큼 자신을 변화시키기 어렵다는 말이다.

"선생님 별명은 오늘부터 새벽남자입니다." 6년 전 청춘도다리(강연클럽)에서 나의 변화 사례를 발표한 적이 있다. 발표를 마치고 강단에서 내려오는데 여성 한 분이 다가와 붙여준 별명이다. 맨날 술 마시고 새벽에 귀가하는 남자라고 지었단다.

33년을 거의 매일 술을 마셨다. 거의 매일. 거의 매일이라는 말에 아내는 동의하지 않는다. 366일 마셨다고. 밤새워 마시고 집에 집에 들어오지 않은 날도 많기 때문이라고 열을 낸다. 어떤 때는 우유하고 신문하고 함께 들어간 적도 있었다. 어느 날 퇴근 후 집에 왔더니 A4용지에 '나 찾지 마라'는 다섯 글자를 남기고 아내가 집을 나갔다. 나는 술에 더 빠져들었고, 가정은 점점 어두워졌다.

독서, 큰솔처럼

2017년 6월 30일 술을 끊었다. 술을 끊고 나니 술친구가 하나둘 떨어져 나갔다. 완전 외톨이가 되었다. 한밤중 온몸이 땀으로 범벅이 된 채 잠에서 깨곤 했다. 병원에 갔더니 금주(禁酒) 후유증이라 했다. 우울증에 시달리기도 했다. 다시 술을 마시고 싶은 유혹이 생겼지만 견뎠다. 이제는 예전으로 돌아가기 싫었다. 뭔가 새로운 것이 필요했다. 우연히 인터넷을 검색하다가 3P 자기경영연구소(대표 강규형)에서 진행하는 부산 지역 독서 특강에 참석했다. 특강에서 〈독서포럼 나비〉 공동체를 알게 되었다. 여기서 '나비'란 나로부터 비롯되는 변화를 꿈꾼다는 의미다.

〈독서포럼나비〉는 독서 토론 모임이다. 단순히 책을 함께 읽고 이야기를 나누는 독서 토론에 그치지 않는다. 책을 보고, 깨닫고, 적용하는 과정을 거쳐 삶의 변화를 끌어내려는 새롭고 독특한 독서 문화 공동체다. 책을 많이 읽는 것도 중요하지만, 읽은 만큼 변화를 보이고 선한 영향력을 만들어 내는 공동체 구성원이 되는 것을 중요시한다.

독서 특강에 참여한 후 책을 읽고 싶은 마음이 들었다. 술잔 대신 책을 들었다. 부산에서 서울에 오가며 책을 읽는 방법을 배웠다. 2017년 7월 8일. 〈부산큰솔나비〉 독서 포럼을 만들어 7년째 운영해 오고 있다. 혼자만의 외로운 길을 걷는 것보다 함께 가면 포기의 유혹을 이겨내기 쉽다. 독서 모임에 참여하면 책 읽는 것을 지속할 수 있다.

 부산큰솔나비 독서 포럼 사명은 '책과 함께하는 목적 있는 독서를 통해 나로 비롯되는 변화로 건강한 가정을 세우고 이웃에게 배움을 나누는 리더들의 모임'이다. 내가 변하기 전엔 아무것도 변하지 않는다. 이는 모든 변화의 시작이 나로부터 비롯되고, 내가 변하지 않는다면 아무런 소용이 없다는 뜻이다. 아무리 아이들에게 책을 읽으라고 해도 읽지 않는다. 부모가 읽지 않는데 스스로 읽는 아이는 드물다. 내가 바뀌지 않으면 아이도 주변도 변하지 않는다. 나로부터 비롯된 변화가 중요하다.

 〈독서포럼나비〉는 '본깨적 독서법'을 실천한다. 본깨적 독서법이란 본 것, 깨달은 것, 적용할 것의 세 가지 관점으로 책을 읽는 것을 의미한다. 본 것은 저자의 관점에서 저자가 알리고자 하는 주제, 인상 깊은 문장, 키워드 중심으로 책 위쪽 여백에 기록한다. 깨는 나의 입장에서 깨달은 것, 새롭게 알게 된 지식, 역할 모델 및 동기부여가 되는 내용을 청색으로 책의 아래쪽 여백에 기록한다. 적은 삶이나 업무에서 개선하고 적용할 점, 새로운 아이디어나 질

독서, 큰솔처럼

문들을 역시 아래쪽 여백에 붉은 색으로 기록하여 삶에 적용하는 독서법이다.

"비리비리비리~" 새벽 4시 30분 자명종 버튼을 눌렀다. 욕실에 가서 찬물로 샤워하며 확언을 외친다. 컴퓨터를 켜고 미라클 모닝(아주특별한아침만들기) 줌 화면을 켜고 회원들이 입장하길 기다린다. 5시부터 명상, 모닝 저널, 독서로 하루를 시작한다. 1,104일째다. 이제 새벽을 여는 '새벽남자'가 되었다. 아내 휴대전화에 '하나뿐인 내 사랑'으로 등록되어 있다. 한 번씩 보면 오글거리기는 하지만 싫지는 않다.

〈부산큰솔나비〉 독서포럼의 '큰솔' 의미는 큰 소나무 송홧가루가 세상에 멀리 퍼져가듯 책을 읽는 사람들이 많아지길 바라는 마음에 지은 이름이다. 사람은 잘 바뀌지 않는다. 하지만 책과 함께라면 변할 수 있다. 지난 7년 동안 수많은 사람이 변화하고 성장하는 모습을 지켜봐 왔다. 우리가 그랬듯이 당신의 삶도 행복했으면 좋겠다.

부산큰솔나비 독서포럼 회장

정인구

강준이

〈글센티브 글쓰기교실〉에서 함께 해준 작가님들의 응원이 큰 힘이 되었다. 정인구 코치의 정성어린 가르침이 피와 살이 되어 부족한 글을 마무리할 수 있었다. 더 배우고 연습하여 단독저서도 출간할 수 있기를 소망한다. 정년퇴직까지 힘을 준 모든 이에게 감사드린다.

구미옥

늦게 뛰어든 부동산 중개 영업 돌파구를 찾다가 독서 모임을 알게 되어 《글센티브 글쓰기교실》 가입, 초보 작가의 길에 입문하게 되다. 독서와 글쓰기가 인생 3막 나침반이 되리라 생각한다. 매주 글쓰기 뿐만 아니라 선한 삶의 지표를 보여주시는 코치에게 감사드린다.

권은주

〈글센티브 책쓰기교실〉를 통해 두 번째 공저에 참여합니다. 〈부산큰솔나비〉 독서 모임에 참여한 6년 동안 어떤 변화가 있었는지 정리해 보는 뜻깊은 시간이었습니다. 읽고 사색하고 실천하는 삶. 아직도 망설이고 계신가요? 지금 바로 시작해 보세요! 독서는 책을 읽는 것이 아니라 실천하는 것입니다.

문미옥

반복되는 일상 속에서 내 생활영역과 다른 사람들의 삶을, 책과 함께 나누고 배우며 성장하여 풍요로워지고 싶었습니다. 부산 큰솔나비 독서 모임을 통해 단단해졌으며, 실천하는 삶 행동하는 삶으로 변해가고 있으며 공저를 진행하면서 또 다른 경험 속에서 행복합니다.

안현정

    매일 닥치는 문제 해결을 위해 바쁘게 살아왔다. 무기력함이 몰려오는 어느 날, 〈부산큰솔나비〉 독서 모임을 알게 되었다. 책과 함께 성장하고 있는 지혜로운 선배들은 배움, 감사, 나눔의 즐거움을 알게 해 주었다. 부족하지만, 〈글센티브 글쓰기교실〉 공저 프로젝트에 도전할 수 있는 용기와 에너지를 주신 공저 2기 작가님들께 감사드리며, 앞으로 읽고, 쓰기는 퇴직을 준비하는 내 인생에 큰 힘이 될 것이다.

이은숙

    이전에 책과는 거리가 멀었던 저였습니다. 〈부산큰솔나비〉 독서 모임을 만나고 1년 만에 제 삶에 많은 긍정적인 변화가 있었습니다. 아직 서툴지만 책 읽기와 글쓰기를 통해 평생 친구를 만났습니다. 공저를 함께 하지 않았다면 상상하지 못했을 일입니다. 코칭 해주신 정인구 작가와 함께해준 공저 작가님들 진심으로 감사합니다. 이번 글쓰기를 계기로 앞으로 더욱 성장하고, 긍정적이고 행복하게 살아갈 나와 나를 아끼는 모든 사람에게 힘찬 응원을 보냅니다.

전미경

그동안 중구난방이었던 〈글 읽기〉가 공저를 쓰면서 많이 정리가 되고, 한 단계 점프한 느낌이 듭니다. 역시 집안 구석구석 정리정돈은 미니멀 라이프가, 진정한 독서는 글쓰기가 최종 답인 것 같습니다. 글쓰기 입문에 불씨를 당겨준 정인구 코치님, 함께 해주신 8명의 작가님들 진심으로 감사드립니다.

전세병

이번 공저를 통해 한 목표를 향해 같이 나아가는 행위 자체의 기쁨을 깨달았다. 끝까지 같이 해준 선배님들 모두에게 감사드린다. 이걸 계기로 스스로도 글쓰기와 독서랑 더욱 가까운 친구가 되었으면 한다.

조은경

책을 읽으면서 배우는 것과 글을 쓰면서 깨달음을 얻는 것은 달랐습니다. 바쁜 일상에도 의지만 있으면 뭐든 할 수 있다는 〈부산 큰솔나비〉 독서포럼 회장 권유에 시작하게 되었습니다. 앞으로 인생을 살면서 우리의 글들이 감사의 한 부분으로 남게 될 거라고 믿습니다.